大話山海經

—— 靈魂收集者 ——

郭 箏

目次

推薦

他們這麼說大話

果子離（作家、書評家）

最初聽說郭箏寫了一部與《山海經》有關的長篇小說，我心裡嘀咕，這種小說好看嗎？想來不過是仙妖鬥法，在天上高來高去，鬥來鬥去，如果落在人間，也只是怪力亂神，群仙眾妖滿街走的奇幻小說罷了。

錯了。不讀則已，一讀《大話山海經：靈魂收集者》便被吸引住了。郭箏不愧是編劇長才，總有好點子，寫出戲劇化的作品。他善讀，讀出《山海經》被忽略的訊息密碼；他能寫，把《山海經》零碎條狀的神話記載整合成移山塡海、穿天透地的有情世界。

郭箏以想像力、組織力與表現力串連起天上人間，人、神、妖三位一體，嗔癡恩怨，爭名奪利，彼此沒有兩樣；正義公理、理想熱情，貪婪黑心、自私自大，種種情緒心思，大家都共通。對於神話故事裡的神與妖，除了本來就突出的造型，更賦以鮮明個性，是小說最成功的地方。

刑天這個角色寫得尤其活靈活現。《山海經》除了夸父追日、女媧補天、大禹治水、精衛填海、羿射九日等故事的主角，年輕一代大概比較知道刑天吧，其獨特外形、悲劇性格和勇猛叛逆形象，成為電腦遊戲角色。但《山海經》寫刑天與天帝爭神，只說天帝砍下刑天的腦袋，把它埋葬在常羊山，無頭的刑天遂以兩個乳頭為眼睛，以肚臍當作嘴巴，一手持盾牌，一手執大斧，繼續揮舞戰鬥。但為何刑天與天帝衝突？缺乏動機，更無後續。郭箏把刑天事跡添血加肉，連枝綴葉，揮灑出繁華盛景。其他角色也都被他寫得立體化，不再是寥寥幾筆的簡單線條。

郭箏之筆，亦莊亦諧，葷素不忌，狂野奔放不檢束，因此把《山海經》這麼神的書，寫得更加神氣。

駱以軍（作家）

郭箏先生的〈彈子王〉，這麼多年回頭看，仍充滿著原創、搏跳、奇異的從那個時代之小說地貌突然冒出的猛勁。他這樣音域雄渾蒼莽、自由穿梭大歷史、充滿奇想詭趣、痞氣又靈性的說故事人，應已絕了。能在人生此際，竟又有幸讀到郭箏先生侃故事，而且是有「想像力世界的珠峰」之險、奇、奧的《山海經》，我覺得何其幸運。

小野（作家、編劇）

每個民族都有自己的神話和童話，這些神話和童話也反映了這個民族內在的精神和價值。但是隨著時代改變，一定要有人賦予這些神話和童話新的價值和風貌。我很喜歡《山海經》，更欣賞《大話山海經：靈魂收集者》這本新時代的神話故事。

謝金魚（作家、故事網站共同創辦人）

果然是郭箏，那瞎扯靠北的功夫酣暢淋漓。我從《鬼啊！師父》在報紙上連載時就開始追，一則一則剪下來貼成一本，看到他重出江湖，除了「喜大普奔」四字，真沒什麼好說的了。

林靖傑（作家、導演）

認識郭箏，他就已是大家口中的大俠。當時一起寫的劇本皆以古裝武俠為主，郭箏是主筆，我們當他的組員。與他一起寫劇本，就像跟武林高手一起提劍闖江湖，每每相約討論，總是談笑飲酒多、苦思內容少，原來他胸中自有丘壑，過後沒多久他便手起筆落，快意恩仇地傳來分場大綱，言簡意賅，但起伏曲折戲味十足。

郭箏寫的故事精采的多是江湖奇俠混跡市井酒肆之類。所謂奇俠，就是主角多為底層痞子、滑稽無賴之類，但其實天資過人，這種反差造成的效果，自是跌宕起伏好不有趣。劇本如此，小說亦擅此一路數，早年一出手就名震文壇的〈好個翹課天〉和〈彈子王〉，主角皆邊緣魯蛇，極具現代感的文字，將社會現實與時代氣息掌握得極好，鮮活的故事與畫面描述，又令讀者讀來興味盎然，二、三十年過去，至今依然被識貨者津津樂道。

他書房裡有整套「二十五史」。他站著寫東西。他很難歸類。他可信手拈來以最古老的文明典故與最新的知識奇聞充作材料，大火炒出一盤難以想像的創意料理。

因此，《大話山海經：靈魂收集者》，一種極具閱讀快感的新典範，終歸誕生一點都不奇怪。

自序

神與妖的人間喜劇

《山海經》，知道的人多，讀過的人少。

如今只要是有點神話色彩的故事，都會被冠上「出自《山海經》」。嫦娥、盤古、青龍、白虎等等等等，一大堆並不出自於《山海經》的野孩子在臺上搔首弄姿；至於那三、四百個親生兒女，武羅、帝江、長乘、勃皇等等等等，反而被人遺忘了。

那些被遺忘的嫡子落難於何方？

一向喜歡收留各路神明的道教，只收留了女媧、祝融、后羿，以及經過整容變造的西王母。

其他的呢？為何沒進收容所？

他們在商、周時代應該是被人廣泛崇拜過的，否則不會留下歷史紀錄。

他們的消失是個謎，好像還沒有人能夠找到答案。

我寫《大話山海經》，非關學術，也無意替崑崙眾神翻案，只是小說。

這一系列小說用的是比較少見的方式，不屬於《哈利波特》、《三劍客》的大河連續式，也不屬於「福爾摩斯」、「楚留香」的單元連續式。

我用的是類似巴爾札克的「人間喜劇」式。

巴爾札克，知道的人不多，讀過的人更少。

某一部的配角，會是另一部的主角，各色人等在各部小說中穿梭來去，沒有「領銜主演」、「客串演出」之分；或更像眞實人生，小配角終有一天會成爲大主角。

但願不至於擾亂讀者的視線。

主要角色簡介

莫奈何　修道於玉虛宮的小道士，個性憨厚傻氣。陰錯陽差帶著鎖惡葫蘆與點妖筆，下山展開一場尋人征妖的曲折旅程。鍾情於梅如是。

梅如是　美女鑄劍師，外表柔弱，性情堅韌。自幼學習鑄劍，對兵器瞭如指掌，被視爲莫邪再世。對定親的表哥顧寒袖一往情深。

櫻桃妖　七千年道行，四處搗蛋做怪。本相是身長只有六寸的小紅人兒，可以化爲小丫頭、少婦與粗壯大娘三種人形。覬覦莫奈何童男元陽。

天　帝　眾神之首，長相最是普通單調，性格吹毛求疵。手持霹靂木杖。

刑　天　斬妖有功，卻因此功高震主，被逐出神界，遊盪於神、妖、人界之間。右手持威震大荒的金斧，左手拿無銳能摧的銀盾。

魔　尸　妖的領導者，精通九九八十一變，生著一副好感笑臉，以及最狠毒心腸。

燕行空　刑天第三百零三代子孫——刑空，化身爲陶塑作坊師傅。持刑天當年的金斧、銀盾。

項宗羽　本名項財旺，乃項羽後代。外貌溫文，實是打遍天下無敵手的「劍王之王」，持湛盧劍。項家莊慘遭滅門後，以追殺惡賊爲畢生職志。

顧寒袖　梅如是的表哥。熟讀四書五經的著名才子，然時運不濟，進京赴試意外落第，回鄉途中染上重病。

破城虎　江南最兇惡的流寇首領，所過之處殺人如麻，城邑皆成廢墟。持大夏龍雀刀。

文載道　原與顧寒袖並稱「江南二大才子」，後因跌跤摔壞腦袋，過目即忘。

姜無際　洛陽城總捕頭，號稱「天下第一神捕」。好女色，臉龐英俊卻時而透露著古怪的滄桑神情。

西王母　主管災癘瘟疫與五刑殘殺，並掌有神界考績大權。滿嘴豹齒，一頭蓬鬆亂髮。

黎　翠　西王母在人間第三百零五代的嫡傳弟子。鋼刷般的亂髮，扭曲如溝的皺紋，眼神充滿憎惡。

浣熊妖　又名「奶油桂花手」，長相機靈討喜。魔尸在人間的代表，化身爲美夢小鎮賣燒餅的芝麻李，手指異常靈活。

鯰魚妖　天性好淫，化作船伕，意圖輕薄梅如是。

在一萬一千零九年以前，世界其實是由妖所統治的。

人、神、妖最不相同的地方是：人放的屁是臭的，神放的屁是香的，妖放的屁是帶著點性費洛蒙味道的。

人、神、妖最相同的地方是：說出來的話都跟放屁一樣。

人喜歡當神，因爲他們可以長生不老；神喜歡當人，因爲他們可以打炮；妖只喜歡當妖，因爲他們可以長生不老的天天打炮。

遠古史真相大揭祕

要講遠古史，當然得從人、神、妖開始講起，因爲在一萬一千零九年以前，這三個喜歡放屁的物種可是生活在一起的。

神的數量比較少，所以管的事兒也不多；人的事兒可多了，他們爲了金錢可以相殺、爲了食物可以相殺、爲了土地可以相殺、爲了灌溉用水可以相殺、爲了誰當老大可以相殺、爲了打炮也可以相殺……神既然管不了，人只好找妖來幫忙，所以妖的勢力就愈來愈大。

如今的蛋頭學者執筆撰寫遠古史，最不願意承認的就是——在一萬一千零九年以前，世界其實是由妖所統治的。

眾神辦公室的騷動

眾所周知，神的領袖是天帝，天帝與眾神的辦公室就在崑崙之丘。

那時節的崑崙山四季如春，各種鳥兒在各種樹上交配繁殖，各種走獸在各種樹下交配繁殖。

辦公室是一棟金黃色菱形十二面體的建築，材質全都是從墨路斯海溝裡挖出來的水晶。

走進大門，任何人都會被那沒有一根柱子的寬廣大廳給嚇呆半分鐘，然後才會看見遍廳栽植的十七萬九千三百五十四種花卉以及六十二萬五千五百一十八種綠草。

難得的是，在繁花茂草之間還有許多遊樂設施，他們滾保齡球，下界就打雷；他們玩乒乓球，下界就閃電，滴下來的汗水成雨，喘出來的氣兒起風。

餓了，自助餐廳裡豐盛的菜餚擺成一百條通道，尋常人等端著盤子從頭走到尾大概要花費兩個鐘頭又七分十三秒。

天帝的大辦公室當然在最頂層，其他神祇的座位都散布在大廳裡。每個神都有一個專屬的辦公區，由一垣矮矮的短牆圈起來，正如同每個人都擁有一座寂寞的城。

一般來說，這種空間是足夠的了，但對於「勃皇」可就有點勉強。他是個形狀像牛，生著八隻腳、兩個頭、一條馬尾巴的龐大傢伙，此刻他正在對「陸吾」咆哮：「昨晚一定有人偷跑進來翻我的辦公桌，你務必給我徹查清楚！」

陸吾是警衛總管，雖然有著老虎一樣的身軀，脾氣卻很不錯，他搖著九條色彩斑斕的尾巴，好言相勸：「根據我多年來的觀察，你的辦公領域都是被你那八隻腳攪亂的，你可以跟老闆申請幾條橡皮筋，把你的腳綁住。」

戴著兩隻金耳環的「武羅」是個渾身豹紋的小伙子，講起話來細聲細氣，就跟他的腰肢一樣細。他露出一口白牙，笑著說：「勃皇大哥的問題是記性不好，檔案又不會歸類，業務分類也不明確，弄得亂七八糟是必然的結果。」

「干你小子屁事？每次都說些屁話！」勃皇大怒，緊跟著一拳就搗了過去。

武羅卻紋風不動，因爲他知道這一拳決不會眞正落下來。

果不其然，勃皇的拳頭離武羅面門三寸就頓住了：「小子，別以爲我不敢打你！」

「你打呀！你打呀！」

兩人就像兩隻山羊，頭頂著頭、臉對著臉、胸脯脹得老大，兩人加起來的十隻腳把辦公室的白玉地板蹬得砰砰響。

澤神「延維」趕來勸架，他的身體是蛇形，卻有兩顆人頭，身穿紫衣，頭戴旃冠，一副謙謙君子的模樣，最喜歡當和事佬，但問題是，他那兩顆頭的步調卻不一致，這顆頭對勃皇說：「別傷和氣！」那顆頭卻對武羅道：「怕他個鳥？」

當然愈勸愈糟，最後連自己都被攪了進去，吵成一團。

一團火球滾了過來，他是「帝江」，身體就像一顆黃色的皮球，滾動時還會發出丹紅色的火燄，他有六隻腳、四隻翅膀，平常最愛唱歌跳舞，他蹦跳著加入戰團，還一面哼著小曲兒，場面當然就更失控了。

就在這時「西王母」從天帝的特大號辦公室裡走了下來：「老闆叫大家去會議室集合。」

一聲令下，眾神便都往會議室移動，一時之間，只見鳥頭、羊頭、猴頭、豹頭互撞；豬身、熊身、獅身、牛身互擠；馬腿、虎腿、象腿、駝腿互踢；貓尾、蛇尾、狗尾、狐尾互纏……好不壯觀。

極為難堪的業務會議

天帝的長相算是最普通單調的，不過就是人的模樣而已。他穿著寬鬆的大袍，以掩蓋臃腫的小腹；掛出和藹的笑容，以掩蓋三流拳擊手的臉龐。眾神並不在意這些，而只是厭煩他吹毛求疵的性格。

「我們遭遇了前所未有的危機！」等大家都落座之後，天帝發出驚人之語：「看看你們面前的資料吧。」

就跟所有擅於擺排場的組織一樣，開會資料已整整齊齊的放在每一個座位上，封面還是燙金的哩！

標題是：「人間寺廟調查報告暨原因與研究以及形成背景和人類心態之演變、轉變、質變、量變與其衍生之後果評估研判」。

眾神還沒能讀完標題，天帝就說：「請大家翻開第十九頁之四，圖表二十三之七的附圖六。」

武羅的手最輕巧，只花了兩分零九秒就找到了那圖表——「人間拜神的廟宇和拜妖的廟宇之比例演變表」。

「五千年前，人類拜神與拜妖的比例是五比一，如今已降到了一比一。」武羅頗為驚訝。「這眞是信仰大海嘯。」

「由此可見我們的勝利！」勃皇高興不已。

天帝的臉差點碎成好幾塊：「我們從五降成了一，你還說我們勝利？」

勃皇嚇一跳，囁嚅著：「我以爲……愈低愈好。」

「低！」天帝大吼。「我們爲什麼會愈來愈低？我們已經快被妖超越了！爲什麼？」

會議室內頓時響起一片乾咳之聲，喝水的喝水、搓手的搓手、晃腿的晃腿，只沒人敢接腔。

西王母發出一聲怪叫，露出滿嘴豹齒，一頭蓬鬆亂髮咻咻亂飄，戴在上面的玉簪都快如飛鏢一般射出。

眾神最畏懼的其實是她，她主管災癘瘟疫與五刑殘殺，翻臉不認人，又掌有考績大權，隨便一個字就能影響升遷。

「根據我的特派員大鵹、少鵹、青鳥的調查，」西王母憐愛的撫摸著那三隻紅頭黑眼的鳥（他們是眾神最憎恨的告密者），「人類愈來愈喜歡拜妖，拜我們的廟宇則逐年遞減，按照這種趨勢，再過五百一十六年，下界拜神的廟宇就只剩下一百座！」

眾神頹然嘆氣：「這也不能怪我們，經過認證的神只有三百六十五個……」

「是三百六十四個。」天帝修正。

「對啦，我們只有三百六十四，妖卻有成千上萬，又不必考核認證。」

「這不是理由！」天帝嚴厲的說道。「認證是一種必要的手續，雖然繁瑣，卻能保證我們的品質。當然啦，在劣貨驅逐良貨的時代，似乎有放鬆的必要，但唯獨我們堅持信念，這放鬆才不至於成爲眞正的放鬆，而只是一種放鬆的姿態，這姿態會讓大家認爲我們有所改進，從而對劣貨產生放鬆的鄙夷！」

說著如此摸不著頭腦的話語，天帝背負雙手，轉身站在落地窗前，望著辦公大樓外各種鳥獸雜交，以撫平自己因這番高深的言論而引發的激昂情緒。

「換句話說，我們還是要考績、認證？」武羅提出猜測性的結論。

「當然要！」西王母又齜出一嘴豹牙。「而且要更嚴格的執行。」

不提那滿室哀嘆，光是那些獸蹄踏出的頹喪之音，就讓下界地震了整整一個月。

「我們再翻到第七十七頁。」西王母接替了天帝的主持之位。「大家看看圖表一零五之三『人類最不崇拜的神明』，第一名就是燭陰！」

這「燭陰」紅色的身體長達一千里，他的頭雖已來到會議室，其實尾巴還留在大廳最角落的洞穴裡。他睜開眼睛就是白天，閉上眼睛就是黑夜，現在他的眼睛雖然睜著，其實還沒睡醒，霧濛濛的打著呵欠。

「排名第二的是延維，第三是女媧！」

女媧憤慨的噘起嘴唇：「人類是我造的，我還幫人類補了天，他們怎麼都不感激我？」

延維的君子風度也沒了：「我是澤神，我要讓每座大湖泛濫成災！」

「想來硬的？」西王母冷笑。「你爲何不檢討自己，人類爲什麼不喜歡你？」

延維的一顆頭說：「好啦，我會虛心檢討。」另一顆頭則說：「反正就是發大水，淹死那些混帳王八蛋！」

西王母耐下性子：「我們就這樣來觀察吧，你們三個有什麼共通點？」

女媧、延維、燭陰彼此互望了半天，實在找不出這問題的答案。

「什麼是共通點？」女媧疑惑。

「是形上學的共通，還是實質上的共通？」延維的兩顆頭變成了四顆大。

燭陰則只發出一聲簡單的：「嗯？」

西王母氣得放聲狂嘯，髮上的玉簪又差點變成了飛鏢：「你們低頭看看自己，你們都是蛇身！」

「是嗎？」女媧疑惑。

「是實質上的蛇的身體，還是類比學上所謂的身體像蛇？」延維的四顆頭變成了八顆。

燭陰仍然只發出一聲簡單的：「嗯？」

西王母不想再繼續追殺這三個蠢貨：「我們再往下看，排名第四至第六的是『于兒』、『奢比之尸』和風神『因因乎』，你們不是耳朵上掛著蛇，就是腳底下踩著蛇，所以問題的癥結點就應該很清楚了。」

勃皇恍然大悟：「我懂了，我們不應該用倒數排名來列表。」

「對對對！」眾神齊聲附和。

西王母氣得想撞牆：「我要說的重點是，人類討厭蛇！」

眾神都呆住了，從未想過這問題。

「人類怕蛇，尤其是女人。所以你們看，妖從來不用蛇形現身，因爲他們太懂得人類的心理。」

「這是媚俗！」有著一條狗尾巴的「長乘」首次出聲，贏得大家熱烈的讚賞。

天帝轉回身來：「我不想研究這個名詞的正當性與正確性，我只知道神的業績快要完蛋了！」

「也是，也是……」眾人不得不屈服現實的壓力。

「我們該怎麼辦呢？」帝江失去了唱歌的興致，難得憂國憂民。「神不能輸，否則這個辦公室遲早會被妖搶走，自助餐也沒了！」

這可是極爲嚴重的問題。

大家正襟危坐，等待天帝發令。

一個怪物的誕生

「如今的首要之務，就是要把蛇去掉。」天帝鄭重宣布。「耳朵上愛掛蛇的，不准再掛；腳底下愛踩蛇的，換個東西踩；尤其是身體像蛇的，一定要換個形狀！」

女媧登時嚶嚶啜泣開來：「奴家的身子又沒犯著誰，為什麼要改換？」

「這是媚俗！」長乘又說，又贏得了一片喝彩。

「非改不可！」西王母齜牙咧嘴。

「身體的基本形狀沒法改變。」有著八個頭的河伯「冰夷」最能深思熟慮。「但有一種方法，就是在身上多加些東西，讓蛇看起來不像蛇。」

「加些什麼東西呢？」

「譬如說，加條尾巴。長乘兄的狗尾巴就挺受人類歡迎。」

「這是媚俗！」長乘陶醉的抗議。

自戀成狂的武羅不甘居人後：「可以在身上加些豹紋，跟我一樣，多帥！」

「別怕畫蛇添足，可以再加幾隻牛腳。」

「再加幾個利爪。」

「頭上也可以長角。」

「嘴形可以更明顯一些。」

一陣胡亂哈啦之後，負責執筆的陸吾畫出了一個怪東西，雖然依舊是蛇身，卻加上了兔眼、鹿角、牛嘴、駝頭、蜃腹、虎掌、鷹爪、魚鱗。

「就給這個東西取名爲『龍』吧。」天帝刻意不把滿意掛在臉上。「還有改進的空間，但這模樣已經挺威風的了。」

「我才不要變成這副怪樣子！」女媧哭著說。在眾神之中，她的輩分極高，三百六十四個神祇大約有一半要叫她「祖奶奶」，但因她一向沉默，所以也最受欺負。

西王母又施威嚇：「不要也不成！」慣於諂上驕下的她，無論何時都要顯示一人之下的權威。

不料，天帝的矛頭此時卻反過來對上她：「我看妳也應該要改造一下了，妳那頭亂髮很不受人類歡迎，還有妳那口豹齒豹牙，惡形惡狀，你想人類會去拜一個看起來想吃人的神嗎？」

西王母不敢置信的睜大眼睛，步步後退：「你居然也嫌我、棄我？」發出一陣悲憤欲絕的怪嘯之後，轉身衝出會議室，大鵹、少鵹、青鳥那三個卑鄙的窺視者連忙振動可笑的翅膀，尾隨而去。

眾神的心情舒坦多了：「好了吧，今天到此爲止，大家吃飯去。」

「這是媚俗！」長乘又提出獨特的看法，這回卻被大家打了個臭頭。

妖們的心思與弱點及其美好的遠景

幾乎就在同一時間，妖們也在開大會。

妖的品類複雜得多，有動物變的、有植物變的、有石頭變的，當然也有人類變的。妖們的領導者是「魔尸」，他的本領可大了，精通九九八十一變不說，更厲害的是他生著一副能夠博得所有人好感的笑臉，以及能夠殺死所有至親的狠毒心腸。

「大家報告一下去年的所作所為吧。」

一隻狐妖馬上跳了出來：「上個月，『有窮氏』有個小伙子與『燧人氏』的姑娘想要結婚，可是兩族的族長都反對，所以他倆跑來找我求援，我就把那小伙子做掉了，再把那小姑娘姦了十二次！」

「然後呢？」

「然後？當然就放她回去了。」

「很好，很好，你過來一下。」魔尸讚賞的笑著。

狐妖得意上前，眨眼間卻被魔尸撕成血淋淋的兩片：「還放人家回去？笨蛋！」

妖們興奮的叫嚷起來。

妖沒有同理心，絕對不會認為自己有朝一日也會落得跟狐妖一樣下場。他們喜歡看魔尸用各種手段殘殺同伴。

「統治妖，比統治人容易得多。」魔尸滿意的思忖著。「因爲他們不會團結。」妖們各有本事，誰都不服誰，他們不停的互相陷害、鬥毆、殺戮，比如現在，就在大會會場的後面，他們早已殺得血流成河。

又一個鉛石妖站出來報告：「夏天裡，『伏羲氏』與『神農氏』爭奪灌溉水源，大戰數十場，死傷慘重，卻沒人來求我。我氣不過，就把我的鉛石粉毒下在水裡，讓他們的農作物統統遭受重金屬污染，聽說後來毒死了不少人！」

「幹得好！」魔尸由衷讚揚，完全沒有興起把他撕碎的心思。

但有些妖們卻嗤之以鼻：「他這種作法怎麼對？把人都弄死了，以後就沒人再拜我們了啊！」

魔尸陰笑：「如今的局勢已經演進到，我們不需要再接受人類的崇拜、祈求、供奉，然後去幫忙他們解決問題了。」

「那我們要幹嘛？」妖們不解。

魔尸仰面向天，張開雙臂，號叫著：「該我們統治全世界了！把那些愚蠢的人類統統趕到山洞裡去！」

妖們都嚇了一大跳：「可是，神會同意嗎？」

「那些腦滿腸肥的傢伙，他們若不同意，連他們也一起趕進洞裡去！」

妖們嚇了更大一跳：「我們要跟神開戰？」

妖們素知神的本領，他們不動手則已，一旦動起手來，十萬個妖也不夠他們塡牙縫。

魔尸陰笑：「僅憑我們，當然還不夠看，但是你們忘了，神本來有三百六十五個，現在只剩下三百六十四個，那一個被逐出天庭的神，就是我們最大的幫手。」

妖們顫抖著嗓門，齊聲高呼：「刑天？」

關於刑天這個神

刑天是眾神之中最驃悍的一個，當別的神都呆在辦公室吃自助餐的時候，他都在外頭殺妖。

根據非正式的統計，他殺的妖已超過五千個。

難怪妖們一聽見他的名字就嚇得發抖。

但他的脾氣太過暴躁，看不慣那些養尊處優的同伴，曾經打掉于兒三顆門牙、敲破帝江冒著火光的頭、踢斷㪍皇的兩條腿，一次他忘了戴識別證，被陸吾擋在大門口不讓進，他就把陸吾的九條老虎尾巴打上了十七個蝴蝶結。

他的辦公桌上從來沒有積壓的文件，也從來不去餐廳吃自助餐，更從來不跟同事吵架——他用拳頭代替嘴，這是眾神最無法容忍的一點。

終於，天帝受不了了，把他叫進總辦公室：「你連你的主管『勾芒』都敢打，以後這辦公室裡還有法紀嗎？」

一提到這勾芒，刑天的火氣更不打從一處來。

按照天帝的架構，西王母是特別助理，之下還有四方總管，東方是木神「勾芒」，南方是火神「祝融」，西方是金神「蓐收」，北方是海神「禺彊」。

刑天隸屬於東方，歸勾芒管轄，他是個人面鳥身的傢伙，興許是樹木管多了的關係，使得他的腦袋也變得跟木頭差不多，雖然有個好像會飛的鳥身，卻只會棲在他辦公區的樹枝上不動，問他三十句話，頂多只得到半句回答，多半是：「嗯，這個嘛……」

一次，刑天要外出除妖，請他簽署任務派遣單，他卻足足在樹枝上楞了三十二分鐘，再也按捺不住的刑天一腳踢斷了那棵樹，折了他的翅膀，再在他臉上打了三拳。

「你讓這種蠢貨當主管，叫我怎麼忍受得下去？」刑天自認於理無虧。

「你的劣跡還不僅止如此。」天帝轉身從珊瑚壁櫃裡取出厚厚一疊申訴文書。「辦公室裡的三百六十四個同事，送上了七百四十七件控告你的案卷，其中某一人就高達九件……」

「一定是勃皇！」刑天冷笑。「我還可以打斷他另外六條正常的腿！」

「你能不能文明點？」天帝盡量擺出和善的臉孔。「他們都是你的同事。」

「可你能用別的方法把他們趕出辦公室去幹活嗎？神的業績這麼差，他們卻跟沒事人兒一樣，整天坐在那裡閒嗑牙。你身為領袖，不督促他們，我只好代勞了。」刑天義正辭嚴。

天帝的耐性即將走到盡頭：「你懂什麼？我有我的考量……」

「考量個屁！你根本就是鄉愿，只求辦公室一團和氣，沒有積極性、沒有進取心、沒有求勝的意志與毅力！你再這樣下去，大家坐以待斃！」

這一記重拳，正好擊中天帝的痛處，他的怒氣頓即勃發出來，差點把瑪瑙辦公桌都搥得粉碎：「刑天，這裡不是由你當家，你太過分了！」

刑天的脾氣再壞，總還有點分寸，他收起已然舉起的拳頭，轉身就走。

被逼到角落的天帝只得施出最嚴厲的懲罰：「你！從現在開始，不再是神了！我要拔掉你神的頭銜！」

「隨你的便！」

這是史上第一次功高震主的貶謫。

刑天被逐出神的陣營，成為遊蕩於神、人、妖之間的「浪族」。

搖滾舞臺

現在，魔尸說他會成爲妖們的幫手，妖們半信半疑。

「他眞的會幫助我們嗎？」

「這些年，他成爲我最好的兄弟。」魔尸的笑容比平素更加燦爛。「大家不如聽他親口說。」

會場在一個山腳下，魔尸轉身朝山丘上招手，一條巨大的身軀就從山頂上走了下來。

妖們又開始打哆嗦。

天哪！這個殺手，是所有妖怪夢魘的來源！

刑天右手持著他威震大荒的金斧，左手拿著無銳能摧的銀盾，一步一步的踏著妖兒們的心房，走到大家面前。

半數以上的妖們已經嚇得跪下了。

勉強撐住的，卻發現以往叱吒風雲的刑天，似乎……似乎有點不一樣？

他滿臉鬍渣，雙眼有些迷濛，間或打幾個嗝兒，敢情是喝醉了？

遭貶謫於凡塵的刑天竟變成了一個酒鬼？

魔尸當然窺知大家的心思，笑著說：「他的斧頭依然鋒利，戰鬥之心比以往更加熾烈，如今他想要擊毀的目標，就是崑崙山上那間腐敗的辦公室！」

「沒錯！」刑天搖晃了兩下，又打出一個長長的酒嗝。「砸爛那間腐敗的辦公室！」

魔尸從懷裡取出一張文書：「宣戰之書已經寫好了，你簽個字吧。」

當刑天前仰後合的簽著字的時候，妖們的喝彩已喊破了天空！

比宣戰更令人驚訝的事

自助餐廳裡亂成一團。

首先是武羅盤子裡的紅酒燉牛蚌一塊塊的蹦跳出來，灑上了長乘的臉；長乘往後一退，狗尾巴掃中了帝江的餐盤，把裡面的爆漿滾燙纖豆湯潑到了勃皇的笨腳上；勃皇痛得哇哇叫，龐大的牛身一轉，將周圍的「泰逢」、「英招」、「紅光」、「耆童」的餐盤全都撞翻在地。

大家都罵勃皇，勃皇則像個受了不白之冤的小孩，又嚷又跳。

面對如此亂局，慣於深思熟慮的冰夷慨嘆著說：「刑天的一封挑戰書就讓大家慌成這樣，這就叫不戰而屈人之兵，不用打就勝敗已定了。」

澤神延維的一個頭罵道：「長他人志氣，滅自己威風！」另一個頭卻說：「我是不是應該躲到雲夢大澤裡去呀？」

「刑天的挑戰書上沒有寫明他要挑戰誰。」帝江哼唱出最主要的重點。「我們該派誰去應戰呢？」

他話沒說完，勃皇就已躲到了桌子底下：「我的腳傷還沒好，不干我的事。」

武羅細聲細氣的道：「當然應該是他的主管勾芒打頭陣！」

大家都眼望勾芒，他卻端著餐盤，木楞了十五分鐘才緩緩說道：「嗯，這個嘛……」

就在一片靜默之中，突然走進了一個雍容華貴的婦人，面帶慈祥微笑，舉止端莊肅穆。

「這是誰啊？」眾神納悶，圍上前去仔細盤查。「妳怎麼混進來的？莫非是妖們派來的奸細？」

警衛總管陸吾氣勢洶洶的說：「把妳的識別證拿出來看看！」

那婦人忍了又忍，終於忍不住發出一聲長嘯：「你們這些混蛋，連我都不認識啦？」

原來竟是西王母！

改變造型之後的她，頗讓人心動。

眾神驚嘆：「當眞是沐猴而冠啊！」

西王母得意洋洋：「天生麗質難自棄嘛！女人確實應該在適當的時機做些改變。」

變成了龍身的女媧卻仍在角落裡哭泣，用鷹爪擦拭著通紅的兔眼：「我才不要這個身子！」

驀然間，辦公室頂層傳來一聲巨響，眾神慌忙奔上樓去察看。

天帝的瑪瑙辦公桌已變得粉碎，天帝頹然坐在碎片之中，手裡扶著他多年未用的霹靂木杖。

「我只是想掄個簡單的棍花，不料居然脫手飛出，唉……」天帝靦腆的笑著。「太久沒運動了！」

此刻，發自眾神胸中的各種哀嘆，比自助餐廳裡的菜餚還要豐盛許多。

最容易犯的錯誤

刑天的心裡不是沒有犯過嘀咕。

他的行爲就是背叛，但他不願意承認。

「一直以來，我的作爲都是爲了提振眾神的士氣，重振眾神的聲威，大家爲什麼都不認同我？」

這種「舉世皆濁我獨清，眾人皆醉我獨醒」的心理結構並不罕見，通常會引人走向極端。

再加上，自從他被逐出神界之後，魔尸便一直跟隨在他身邊，不停的阿諛奉承，送上無數頂高帽子。

高帽子！這可是世間最難抗拒的東西。

一頂高帽子能讓人趾高氣昂，兩頂高帽子能讓人忘了自己是誰，三頂高帽子能讓人墜入萬劫不復的深淵。

喪失了判斷力的刑天如同玩偶，任憑魔尸擺布。

幾十萬個世紀以來最偉大的決戰

決戰的地點選在「常羊之山」，這是一座三億五千萬年沒有噴發過的火山。

此時天地仍處於混濛階段，陽光穿透紫紅混濁的雲層，稀微的照射下來，怪異的史前植物生長在岩石縫隙與泥沼之中。

當天帝率領眾神走上山巔的時候，刑天早已準備妥當。

「誰出陣？」刑天問得斬釘截鐵。

「我！」天帝的回答更是斬鐵截釘。

火山山腰聚集著上萬名奇形怪狀的妖，全都屏氣凝神等待著這場盤古開天以來最偉大的決鬥。

刑天二話不說，金色巨斧劈開昏赭陽光，劈向天帝頭頂。

天帝的霹靂木杖架開巨斧，反手一杖還擊對方。

刑天用左手銀盾擋住天帝的攻擊，縱身跳起，金斧幻化為萬道金芒，著著進逼；天帝的木杖輪轉如飛，將對方的攻勢一一化解。

兩人愈打愈快，只能看見兩個陀螺似的氣旋在蒼穹之下輪轉。

這時，高聳入雲的火山突然開始蠢蠢欲動，火山口不停噴出濃煙。

難道沉寂多個世紀的火山也被這場驚天大決鬥所震動？

一千回合轉瞬即過，天帝的體能不若以往，漸感吃力，他勉強用杖頭壓住刑天的巨斧，沉聲怒斥：「刑天，我已經好話說盡，你還想怎麼樣？」

刑天咆哮：「你顢頇無能，難以服眾，枉稱天帝！」

圍繞於山腰的妖們大聲喝采：「刑天萬歲！」

刑天盪開天帝的霹靂木杖，一斧砍去。

油盡燈枯的天帝振臂狂揮，心中已然明白再也擋不住這致命一擊！

就要得手的刑天，腦中卻閃過一絲猶豫：「我真的要這麼做嗎？這一斧劈下去，世界會變成什麼局面？」

躊躇之間，天帝的杖頭已砸在斧刃上。

失了神的刑天手掌一鬆，金斧脫手彈出，在空中迴轉出一個詭異的角度，反砍回來，竟砍掉了刑天的頭顱！

觀戰的眾神與妖們都呆住了。

氣喘吁吁的天帝回身怒瞪妖們。

魔尸與妖們驚恐的步步後退，然後，不約而同的掉頭就跑，剎那間逃得精光。

天帝再轉頭望向刑天的屍體，面有不忍之色，但下一刻，他的面容卻僵住了。

從刑天斷頭處流出來的鮮血，只一轉眼就變成了烈火！

這縷血火流入火山口，使得火山內部愈發震動，濃煙更甚，熔漿也開始向外噴射。

天帝趕忙跳離火山口，驚愕未已，就見沒有頭的刑天居然站了起來！

無比強烈的戰鬥意志支撐著他，他的乳房變成了眼睛，肚臍變成了嘴巴。

他撿起金斧、銀盾，豪邁狂笑：「我跟你還沒完！」

緊接著就在火燄中高高躍起，一斧劈向天帝。

歷史改變的一瞬間

眾神都摀住了眼睛，心中暗喊：「完蛋哀哉乎也！」

可就在這時，西王母那三隻惹人厭的密探大鵹、少鵹、青鳥一起從東邊飛了過來，吱吱嘰嘰的高叫：「刑天，你被騙了！」

刑天在千鈞一髮之際，扭轉手腕，一斧砍在天帝腦袋旁邊的火山岩上，回身怒吼：「你們說什麼？誰騙我？」

大鵟叫道：「你的好朋友魔尸騙得你好慘！他慫恿你來找天帝拚命，他卻在後頭刨你的根、挖你的牆腳！」

刑天腦中一陣暈眩：「你胡說！」

三隻鳥兒發出吟唱似的歌聲：「不信，就跟我們來。」

妖們的末日

刑天的老家在「泰室之山」。

施展出兩面刃奸計的魔尸，雖然沒能消滅眾神的領袖，但藉天帝之手除掉「妖魔殺手」刑天，也算是一大收穫；更何況，此舉已顯示出妖們的實力，想必可讓眾神膽寒好一陣子。志得意滿的魔尸於是刻意在刑天老家舉行慶功宴，招待各路妖魔。

刑天與眾神隱身來到老宅外，向內窺探，只見刑天的父母與族人都被妖們當成了奴隸，胡打亂罵、隨意使喚；一個韭菜精甚至想要當眾姦淫刑天的姪女。

「你們太過分了！」

刑天掄起金斧衝了進去。

妖們沒想到他竟然沒死，還變成了這副沒有頭的怪樣子，更加恐怖。

妖們爭相奪門而出，可哪有這麼容易？

眾神封住了所有的出口，卻都沒有出手，交給刑天自己去解決。

這一場殺戮眞個是慘絕人寰。

刑天的金斧所過之處，暴血如霧、如泉、如燄火迸放，妖們的肢體就像不値錢的玩偶碎片，灑得滿屋子都是。

哀鳴的妖們紛紛現出眞身，驢子、烏龜、蜈蚣到處亂鑽，鳳梨、南瓜、蘿蔔遍地亂滾，烏鴉、蜻蜓、蟑螂滿廳亂飛。

魔尸見逃不掉，只好跑到刑天面前跪下：「好兄弟，我該死，我錯了，看在昔日兄弟一場的分上，饒了我吧！」

刑天的斧頭舉得老高，卻怎麼也砍不下去。

妖們見這招有用，也都跪下求饒，婉轉嬌啼充塞耳鼓。

延維的一顆頭大叫：「殺光他們！」另一顆頭卻說：「上天有好生之德！」

刑天的殺氣逐漸萎縮，轉化爲鄙夷不屑。

天帝在旁勸說：「算了吧，濫殺無益。」

刑天放下大斧，走到天帝面前俯首行禮，慚愧得一個字也說不出來。

「當初把你逐走，都怪我太魯莽，」天帝著意安撫。「其實大家一直都敬重你是個英雄，沒有人會責怪你，畢竟你是爲了大家好。我們剛才已經商議過了，大家都同意讓你回到神的陣營，」

「刑天今後永遠服從你的號令。」

「你的脾氣要改，多用嘴、少用拳頭。」西王母尖厲的說。

「腦筋實在太簡單了一點。」勃皇睚眥必報的說。

「他現在已經沒有腦袋了，所以這個問題也就不存在了。」冰夷深思熟慮的說。

長乘仔細的打量刑天一番，嘆了口氣道：「瞧你這模樣，當眞是史上最不媚俗的造型了。」

人類終於出頭了

刑天與眾神押解著上萬名妖們，遊行似的經過蒼莽大地。

一直求妖保佑、求妖幫忙，或被妖們壓迫，只能躲在山頂石穴、原始森林中過活的人類，紛紛從藏身之處走了出來，望著被抓住的妖們，臉上都露出振奮之色。

人類終於可以主宰這個世界啦！

最沒有用的物種，居然成爲最大的贏家！

燧人氏、伏羲氏、神農氏、有窮氏、有扈氏、有熊氏、伯明氏……統統都跑到平原上來占地盤，所引發的紛爭都是後話，最重要的是，他們終於可以不拜妖了。

從這天開始，世上就只剩下一些小妖，躲藏在陰暗的角落，除了偶爾跑出來嚇嚇人或騙個姑娘爽爽之外，再也成不了什麼大事。

懸崖上的豪賭

眾神押解妖們來到崑崙山西邊的「陰陽斷崖」，崖頂上有個巨大無比的山洞。

天帝吩咐陸吾：「把他們統統關進去，封印起來，以後你就在這裡看守他們。」

陸吾驚覺辦公室的自助餐已離自己遠去，當然又怨又怒，惡狠狠的盯著妖們：「統統都給我滾進去！」

妖們依序走入山洞，魔尸走在最後一個，他突然停住腳步，向天帝大喊：「你敢接受我的挑戰嗎？」

陸吾氣得用九根尾巴甩了他九個耳光：「還在放什麼屁？」

「讓他說。」天帝當然得顯示一些肚量。

魔尸申訴：「你用暴力擊敗我們，強奪人類對我們的信仰，這是無恥的作爲！現在，人類成爲世界的主宰，應該要展開他們自己的命運。」

「沒錯，人類已經長大了，不能再像個小孩子一樣，依賴這個、祈求那個，我當然不會強迫他們信仰我。」天帝轉身命令眾神：「從今天開始，我們崑崙山的神，不再現身人間，並且不許接受人類的崇拜。」

眾神驚視天帝，繼而都在心中暗忖：「這樣也好，可以整天待在辦公室裡不出去啦！」

魔尸卻又道：「你敢跟我打賭嗎？」

「怎麼賭？」

「人類既然已經擁有選擇的自由，我賭他們還是喜歡我，而不喜歡你。」

眾神怒斥：「你亂講！」

「這麼說，你們想賭囉？」魔尸陰哂。「往後，如果每一年有一個最傑出的人願意把自己的靈魂送給惡魔，一萬年後，有一萬個人類的靈魂願意歸屬於惡魔，我們就能解除封印，走出這個山洞！」

眾神又怒罵：「荒唐！」

天帝沉思半晌，做出決定：「我接受你的挑戰。」

刑天不禁皺眉：「這……好嗎？」

天帝冷靜的說：「如果人類眞的喜歡惡魔，那就讓他們被惡魔統治吧。」

眾神不再言語。

天帝又吩咐陸吾：「放一個出來，作爲魔尸在人間的代表。」

陸吾的尾巴伸入洞內隨便一捲，捲出了一個浣熊妖，長相頗爲機靈討喜。

「你叫什麼名字？」

「大家都叫我『奶油桂花手』。」浣熊妖縮著脖子，搓著雙手，連連諂笑。

西王母忙說：「那我們也得派一個代表才行啊！」

「我要對我今天犯下的錯誤做出補償。」刑天毫不猶豫。「我的子孫，會世世代代留在人間作為監督。」

「好！」魔尸獰笑著走入洞內，在洞門即將封閉之前，拋出一句森冽無比的宣言：「咱們一萬年後見眞章！」

西元一〇〇九年

讓我們推動時間的巨輪，來到一萬年以後。

這一年，在西方稱作「主後一千零九年」或「移鼠吉立斯多之後一千零九年」。（據說這「主」或「移鼠吉立斯多」也是某個神。）

在中原，則稱為「宋眞宗大中祥符二年」。

這一萬年間，原來的神都隱去了蹤跡，讓許多後來與外來的神在人類的世界大行其道。

話說年關剛過，修道於括蒼山「玉虛宮」的小道士莫奈何，這日掃完了山上的八殿、十亭、十二閤，又從山下挑了十七趟水上來，剛剛坐下略事喘息，一個臭鞋子就丟到了他頭上。

「死小莫，我的襪子為什麼沒拿去洗？」大師兄胡剛氣洶洶的衝過來，兜頭就是一陣亂打。「又懶又笨，什麼事情都不會做，咱們玉虛宮要你幹什麼？」

莫奈何才想要委婉解釋，二師兄吳濤又跑了過來，不由分說一拳就打在他的鼻子上。「你早上煮的那什麼粥？把我的舌頭都燙腫了！」

莫奈何還沒擦完鼻血，三師兄駱旺又從背後衝來，一腳把他踹了個大跟頭：「後面的茅廁為什麼沒清乾淨，害我一進去就踩了一腳髒水！」

莫奈何灰頭土臉的爬起身來連聲道歉，又被三個師兄連踢帶搥的打了好幾十下：「快去幹活！」

莫奈何一向是師兄們的出氣筒，受到這種待遇是家常便飯，如果有一天平平順順的度過，他準會全身發癢。

他才轉身想去洗衣服，就聽見三個師兄在背後竊竊私語：「要不要去看那個賣炊餅的阿桃？可辣了！說不定可以弄一下……」

「你們要下山？」莫奈何興奮嚷嚷。「帶我去！」

「放你娘的屁！也想？」又是一頓毒打。

不過，胡剛想得比較遠：「萬一他跑去師父面前告狀，我們可有得排頭吃了。」轉而和顏悅色的說：「想跟我們去，可以，但是不准說話、不准礙事，懂了吧？」

「沒問題！」

師兄弟四人興興頭頭的出發了，一口氣走出十幾里，來到山下小鎮。

鎮上只有一直一橫兩條短街，十字路口上排著長長的人龍。

莫奈何等人擠過去一看，卻是個賣炊餅的攤子，好不好吃不知道，排隊的顧客應該也不在意，他們的眼睛只管盯著那賣餅的少婦，妖嬈多姿、身材火辣不說，身上竟只穿著一件肚兜！

「我的娘喂，能弄一下有多爽！」三個師兄的口水都流了出來。

未經人事的莫奈何卻搞不懂這是怎麼回事？一逕在旁傻笑。

賣餅阿桃有意無意的盡朝他們這邊瞟，突然把爐火一蓋：「今天的餅賣完了，明日請早。」

人潮意猶未盡的散去，只剩一些浮浪少年圍著她說笑。

二師兄吳濤大步上前：「散開散開！我們玉虛宮有事要跟阿桃商量。」

玉虛宮在這一帶頗有點威名，少年們不敢囉唆，垂頭喪氣的溜了。

「各位小道長有何見教？」阿桃笑咪咪的說。「我們客棧裡談。」

阿桃扭著屁股進去了，胡剛等三人就像追逐花朵的蜜蜂，蹶著屁股跟在後面。

莫名其妙的莫奈何也想跟，被駱旺幾個拳頭打倒在地：「你給我在外面待著！」

莫奈何只得坐在街邊。

阿桃的房間正好靠近大街，沒過多久便聽得阿桃的笑聲傳了出來：「唉喲，別急嘛，一個一個來，慢慢來，別太快了！」

「什麼東西不要太快了？」莫奈何尋思。「是了，師兄們在幫她做法事，當然得一個程序一個程序的來。」

這些「程序」好像頗爲費力，先聽得胡剛喘吁吁的說：「我……竟然這樣就完了？」過沒小半刻，又聽得吳濤不滿的唔呶：「我……好了？」再就是駱旺的慘叫：「怎麼這麼快啦！眞丟人！」

緊接著就聽阿桃笑著說：「坐在外頭的那個是你們的小師弟？把他叫進來一起玩嘛！」

胡剛等三人齊聲抗議：「他什麼都不懂，叫他沒用！」

阿桃的語聲裡充滿失望：「那，我們就再來一次吧？」

莫奈何暗想：「師兄們的道行畢竟不夠，如果是師父，包管一次就大功告成。」

過沒多久，又聽胡剛等人輪流喘吁吁的說：「怎麼第二次還是這麼快？」

阿桃笑道：「第三次應該可以滿意一點。」

莫奈何暗笑：「法事做成這樣，師父聽見一定會氣死。」

但聞師兄們繼續第三次、第四次、第五次……弄到最後連聲音都沒了，阿桃卻仍精神奕奕的笑嚷：「再來一次？再來一次？」

如此這般的一直折騰到傍晚時分，才見三個師兄猶若三隻無脊椎動物似的爬出客棧，面無人色，雙腿如泥。

「做法事這麼累啊？」莫奈何暗自慶幸。「怪不得師父不肯教我。」

回山的路上，莫奈何一馬當先，胡剛等三人走不了二十步就得休息一下，一邊竊竊商議：「這事兒若讓師父知道了，吃不完兜著走。得想個法子把莫奈何的嘴巴封住。」

駱旺陰笑：「師父的耳根最軟，我們進點讒言，那渾小子就完蛋了。」

鎖惡葫蘆與點妖筆

翌日一大早，莫奈何就被師父「提壺道人」叫入丹房：「小莫，你修道多久啦？」

「我十三歲上山，到今天正好五年零六天。」

「學到了些什麼東西呢？」

「掃地、生火、煮飯。」莫奈何傻笑。「幾位師兄教我打手銃，但還沒學會。」

「咳咳咳……」提壺道人面前的鍊丹爐差點翻倒。「你的日子過得挺愜意的。」

「滿好的，滿好的。」莫奈何一副心滿意足的樣子。「只不過，什麼時候才能學抓妖的本領呢？」

「這個嘛……」提壺道人突然轉變話題。「你家的豬養得還不錯吧？」

莫奈何的父母是山下的養豬戶，難得法力高深、德高望重的道長會關心。

莫奈何的臉卻搭拉了下來：「自從村子裡的獸醫『豬王』失蹤了之後，豬瘟就沒人能治。幾個月前，一場豬瘟，不但全村，整個『兩浙路』的豬全都病死了。」

提壺道人的心搭拉得更厲害。原來，莫奈何的父母每年都會供奉三頭豬，作爲莫奈何修道的費用，這下子可全都泡湯了！

提壺道人心中打著算盤：「昨夜胡剛、駱旺他們說得對，這小子的食量比牛還大，我玉虛宮怎麼養得起？得想個辦法把他轟下山去。」

他和顏悅色的道：「這麼說來，那個豬王是個挺重要的人物囉？」

「對啊，他叫左富貴，是全天下最好的獸醫。」

「那你們應該去把他找回來呀？」提壺道人假作憂慮。「這關乎豬這種重要生物的存亡絕續，更重要的是，這會引起生物鏈的連鎖反應！你家的豬圈就蓋在溪邊，豬糞都流到溪裡去，是吧？你想想看，如果這世界上沒了豬，溪裡的魚就沒豬糞可吃，魚就滅絕了；

沒了魚，蚊子、蒼蠅就大量孳生；然後，人類既沒豬又沒魚可吃，還有什麼滋味？蚊子、蒼蠅又到處亂飛，散播瘟疫疾病，接著人類就跟著滅絕了。所以小莫啊，你應該扛起人類存亡絕續的重任！」

莫奈何一聽，這麼嚴重？還得了！他囁嚅著道：「我……也這麼想過，但我爹娘說，修道比較重要。」

「不不不，救豬一命，勝造七級浮屠，你應該發願救豬，即刻去找回那個豬王左富貴，救治芸芸眾豬，盡留在我們這鳥不生蛋、沒東西可吃的山頭上幹嘛呢？」

提壺道人假裝很鄭重的取出一個前晚在後山撿到的破葫蘆：「莫奈何聽命，現在傳你法寶！」

莫奈何一聽，興奮得快要蹦上天去，忙跪倒在師父面前。

「這葫蘆名曰『鎖惡』，是本宮第一代祖師爺傳下來的鎮派之寶，現在我把它傳給你，包你縱橫陰陽、鎮邪驅魔！」

莫奈何顫抖著雙手接過，懷抱嬰兒似的抱著那個疑似被獼猴撒過尿的爛葫蘆。

提壺道人又取出一支禿頭毛筆：「這又是另一件寶物，我最慣用的『點妖筆』，任何假扮成人類的妖怪經過你身邊，它就會自動跳出來指著他，靈驗得很，百無一失！」

莫奈何一把眼淚一把鼻涕的收起兩件法寶，朝師父磕了幾十個響頭之後，依依不捨的步出山門，開始了他極其偉大的捉妖、尋人之旅。

捉妖的第一戰

莫奈何再度來到小鎮。阿桃的炊餅攤依舊人潮洶湧。

莫奈何突然福至心靈：「她總是穿成這樣出來賣餅，會不會是個妖怪？正好試試師父賜的法寶！」

莫奈何拿出點妖筆，放在手心上。這支禿筆本來是提壺道人拿來刷胯下溼疹用的，哪知今天卻做怪，轉了好幾圈之後，就指著那阿桃不動。

莫奈何心中更篤定了，取下揹在背上的葫蘆，就想上前收妖。

卻見人叢忽然紛紛朝兩邊散開，四名面目兇惡的大漢闖了過來：「好個捏得出水的娘兒們，今天有得爽了！」

四名大漢踢翻了炊餅攤子，拉著阿桃就往客棧裡走。

三個浮浪少年賈勇上前：「哪裡來的野漢子，敢在爺們的地盤上撒野？」他們昨天被胡剛等人趕走，老大不爽快，今天可再不能讓別人壞了好事，個個磨拳擦掌的準備大幹一場。

爲首的大漢「黑牛」壯得像頭熊，暴喝一聲：「不識好歹的狗東西！」

踏前兩步，只一腳就把一個少年踢成了足球，一直滾到三十尺外的綢緞莊大門裡去；再一掌又把另一個少年當成了籃球，投到二十尺外的醬缸中；再一個手刀，把最後一個少年砸成了排球，在地下連蹦了好幾十蹦。

「我們都是『破城虎』的手下，誰敢阻攔？」

這「破城虎」是江南最兇惡的流寇首領，所過之處殺人如麻，城邑皆爲廢墟。

此話一出，所有人的腳都軟了，泥鰍般滑溜得不見蹤影。

四名大漢哈哈大笑，繼續抓著阿桃走向客棧。

莫奈何雖然完全不會武術，但少年人的心性畢竟蘊含著許多見義勇爲的因子，原本捉妖的熱情，頓時轉換爲英雄救美的豪情，挺著胸膛，把身子橫在四名大漢面前：「放開她！」

四名大漢上下打量他小雞也似的身形，笑得嘴巴差點裂開：「小子，別找死了吧！」

黑牛隨便伸手一推。在他的意想中，這一推應該足夠把對方推到四十尺外的馬槽裡，不料，他的手才剛碰到莫奈何的胸脯，就宛如摸到了一塊滾燙的烙鐵，痛得他哇哇大叫，連退幾步，一屁股坐倒在地。

其他三名大漢都傻住了，這是怎麼回事？

莫奈何更覺得好笑，自己根本什麼也沒幹啊？對手爲何如此狼狽？

「是了，他們跟師兄一樣，故意跟我玩？」

莫奈何幼時被師兄們痛揍了之後，常常哭著回家，父母卻總是告訴他：「師兄弟之間都是打著玩的，不要當眞。」

後來被打慣了，也就習以爲常。

今天這四個兇神惡煞般的大漢，出拳可比師兄們客氣多了。

莫奈何笑著上前幾步：「我們再來玩！」

剩下的三人雖然覺得事有蹊蹺，卻怎肯示弱？虎吼一聲，從三個方向一起衝過來。

莫奈何見他們來勢兇猛，當然也慌了，只得拿出最常用的一招，雙手抱頭，等著挨打。

可那三人的四個拳頭、兩隻腳碰到莫奈何身體的時候，卻都彈了開去，有人覺得冷、有人覺得熱、有人覺得麻，當即頭暈目眩的躺了一地。

莫奈何拍手大笑：「好玩好玩，再來玩！」

阿桃怯生生的湊了過來，行了個萬福禮：「多謝公子搭救，奴家洪櫻桃在此謝過了。」

「妳叫洪櫻桃？好好聽的名字。」

「公子神勇蓋世，奴家好生敬佩，但願……」洪櫻桃嬌羞的低下頭去。「但願自薦枕席，以身相許。」

莫奈何的頭腦裡只存有一些簡單的詞彙，什麼「自薦枕席」，什麼「以身相許」，什麼意思啊？

「昨天我就好想你，你為什麼不進來？」洪櫻桃輕輕牽起他的手，拋個媚眼。「我們進客棧去吧。」

關於人體中的水分

莫奈何暈陶陶的跟著洪櫻桃進了她的房間。

一進門，洪櫻桃就把莫奈何按在床沿坐下：「公子小哥兒，奴家一看就知道你從來沒碰過女人，對吧？」

莫奈何傻笑點頭：「師父、爹娘都一直告誡我說，女人不能亂碰，碰錯了就後患無窮。」

「奴家的身子盡可以讓公子隨便亂碰，不會出事的。」洪櫻桃的眼神如水波浪花，快把莫奈何淹死。

「咳咳……還是不要吧？我也不會做法事，所以……妳還是去找我師兄吧！」

「你那三個師兄，根本是銀樣蠟槍頭——中看不中用！」洪櫻桃的抹胸漸漸往下滑落，露出深深的乳溝。

莫奈何察覺自己身體的某個部位正發作出前所未有的異狀，既彆扭又脹痛，只好不停的改變坐姿：「不要……不要……」

「沒有關係嘛。」

洪櫻桃右腿一抬，踏上床沿，整條粉嫩的大腿就呈現在莫奈何眼前。

「想摸一下嗎？」洪櫻桃牽起莫奈何的手，放在自己的大腿上，然後牽引著一直往上、一直往上……

莫奈何的腦袋好似被一隻大榔頭狠狠敲了一下，幾乎就想立刻把整個臉、整張嘴貼上去，但他仍拚命忍住：「不要……不要……」

洪櫻桃身子一扭，整件肚兜滑落下去，只見白的白、黑的黑、紅的紅，該隆的隆、該窄的窄，該翹的翹，眞個是讓人眼花撩亂，不一而足。

「公子，奴家好看嗎？」

「好看……好看……」莫奈何不僅頭上冒汗、嘴裡流涎、鼻孔淌涕、眼角出漿，還有另一個器官也直想朝外噴水，但他是個聽話的乖孩子，父母、師長的命令不能不遵，所以還是拚命忍住。

洪櫻桃索性整個身體都貼了上去。

本書最短的一章

莫奈何大叫：「不要，不要，不——要——啊——」

櫻桃妖的憧憬與綺思幻夢

莫奈何掙扎著逃出房間。

洪櫻桃有些喪氣的坐下，恨恨暗罵：「死呆子，老娘非把你弄到手不可！」

這洪櫻桃其實是個櫻桃妖，當年因爲生長在樹上的位置絕佳，得以盡量吸收日月精華，七千多年下來，一顆小小的櫻桃竟變成了西瓜般大，並且修得了一些成果，可以化爲人形，到處搗蛋做怪。

但她仍嫌不夠，還想多多吸取男子的元陽，以更上一層樓，其中尤以處男的元陽最爲滋補寶貴，一個處男可以比得上一百二十五萬個隨意亂噴亂射的爛貨。

她假扮成妖嬈少婦，到處賣餅（其實那都是牛糞做的），到處勾引男人，但從古至今還未碰過半個處男，因爲男人這種淫賤的東西，絕大多數在十三、四歲的時候就把「第一滴精」貢獻給了自己的雙手（或單手，視個人的尺寸與喜好而定），讓許多妖們氣結。

不料如今居然被她碰到了莫奈何，她一眼就看出他是個百分之百的處男，天哪！這眞是蒼天的垂憐、造物者的恩賜、人世間絕無僅有的寶貝！

當那四名大漢圍攻莫奈何的時候，她略施小技，就把法力移轉到莫奈何身上，自然打得敵人落花流水。

然而，到了最後關頭竟功敗垂成。

「這小子怎麼這麼不開竅？他到底要我怎麼樣？」櫻桃妖惡狠狠的思忖著。「反正我死活跟定他了，不達目的決不罷休！」

當處男遇見淑女

莫奈何度過了一個驚魂之夜。

夢裡充滿了白蹦蹦的肉團、紅滋滋的通道、黑麻麻的蓬草，耳邊則一直響著嬌喘呼氣之聲。

他醒過來無數次，想要撫平身上那個整晚不肯低頭的東西……可，不行！他猛灌涼水，又跑了無數趟茅房。

翌日清早，他頭暈腦脹的出了客棧，想要繼續上路，洪櫻桃卻坐在門口等他。

「公子，昨日奴家太過莽撞，還請公子恕罪則箇。」一副恬靜賢淑的樣子。

「咳咳……」莫奈何低著頭，拔腿就走，洪櫻桃卻小步小步的跟在後面。

「這……」莫奈何心慌意亂，乾脆用跑的，一口氣奔出十餘里，心想總把她甩開了吧？

不料回頭一看，洪櫻桃仍然不疾不徐的跟在後面。

「姑娘還眞會跑！」

「奴家是鄉野粗人，從小幹慣粗活，跑幾步路算不了什麼。」

「那妳就繼續再跑吧，不送了。」

「奴家願一輩子追隨公子、伺候公子，不離不棄。」

莫奈何嚇一跳：「妳害我昨晚一晚沒睡好，難道還要繼續害下去？」

洪櫻桃故作端莊：「都是奴家的錯，奴家今後決不會再讓公子心生非分之想。」話一出口又覺得不妥，如果眞是這樣，還有什麼搞頭啊？

莫奈何卻放下了心：「以後妳把衣服穿得嚴嚴實實的就對了。」

「呆木頭！」櫻桃妖心中暗罵，臉上卻掛出甜甜的笑容。「公子本領高強，是從哪裡學來的？」

想起昨天自己的神勇表現，莫奈何的尾巴當下翹得半天高：「我是括蒼山玉虛宮提壺道人的關門弟子，這些年來，武功、道術可都學全啦，慢說昨天那幾個小毛賊，就算碰到再厲害的妖魔鬼怪，也逃不過我的法寶。」

莫奈何把鎖惡葫蘆和點妖筆拿出來炫耀。

「都是些什麼爛東西？」櫻桃妖笑在心裡，嘴裡卻連連讚賞：「當眞是稀世奇珍，公子有了它們，更加如虎添翼。」

「以後別再叫我公子，叫小莫就可以啦。」

「小莫公子此行要往何處去？」

「我要去找天下第一獸醫，豬王左富貴。」莫奈何把兩浙路的養豬戶全軍覆沒的事情說了一遍。

櫻桃妖想了想：「你們有試過拜瘟神嗎？」

「好多村裡都拜過『龍虎玄壇眞君』趙公明，但沒有用。」

「瘟神應該是……」櫻桃妖說著的時候，不由自主的打了個寒噤。「應該是西王母才對。」

「西王母？」莫奈何像看著一個瘋子似的看著她。「王母娘娘怎麼會是瘟神？」

「小莫公子，這你就不知道了，其一，西王母跟你們道教的王母娘娘不一樣；其二，在遠古時期，西王母眞的是瘟神。」

「妳……」莫奈何氣得當下就跟她翻臉。「妳褻瀆神明，會遭天譴的，我可不要跟妳走在一起！」

莫奈何拔腿就跑，櫻桃妖緊緊跟著他，連聲道歉：「好好好，是我搞錯了，我搞錯了。」

莫奈何摀起耳朵不理她，一頭扎入了前方一片隱密的黑森林。

方圓五百里內的居民都稱這片森林爲鳥獸墳場，即便豔陽高照的日子，這裡仍然黑黝黝的，充滿了屍臭與沼氣。

莫奈何胡撞亂闖，愈走愈覺得陰森恐怖，想回頭，卻已身處繁密的怪樹巨木之間，根本找不著來時路，急得渾身冒汗，腳下又一個踉蹌，摔在爛葉、腐屍混合而成的泥巴漿裡，又冷又臭又毒，止不住連打了十幾個噴嚏。

「這是什麼鬼地方，難道我今天就要命喪此處？」

莫奈何欲哭無淚，只得跌跌撞撞的續向前行。

又不知走了多少時候，體內的生機都已快熄滅，忽然看見前方竟出現了一絲光亮！

他趕緊加快腳步走了過去，穿過幾十棵巨木構成的障礙，只覺眼前大放光明。

黑森林中的市集

這是一塊並不甚大的空地，周圍卻掛上了幾十個大紅燈籠，擺出了幾十個攤子，有賣酒的、有賣肉的、有賣藝的，還有賣馬的，竟彷彿通衢大道旁的市集。

「小哥，來兩杯三十年的女兒紅吧？」賣酒的大叔熱情招呼。

「公子，我的酒菜最適合大宴小酌，魚翅、熊掌、猴腦、龍肝，要什麼有什麼。」賣菜的大嬸熱情招呼。

「大哥，想看什麼戲法，我統統會變；想聽什麼曲兒，我統統會唱；想要什麼新鮮玩意兒，我統統會耍。」賣藝的小姑娘熱情招呼。

「相公，趕路是吧？我有的是千里駒，任君挑選。」賣馬的壯漢熱情招呼。

莫奈何高興得抓耳撓腮：「我還當這林子可怕，不料竟這麼熱鬧！」首先就衝到酒攤前。「我快渴死了，給我一杯超特大杯的女兒紅！」

嘴裡喝著醇香的美酒，肚子緊跟著就餓了起來，又跑到賣菜的攤子前：「給我一盤龍髓。」胡亂扒了幾口，當眞是人間美味。

賣藝的姑娘挨到他身邊，開聲唱道：「小哥哥的棒子大，弄得小妹妹水汪汪……」

莫奈何邊吃邊喝，邊笑著說：「唱的這什麼，怎麼聽不懂？」

小姑娘的手居然就伸了過來，一邊還唱著：「小哥哥的棒子借我握一握……」

莫奈何嚇了一大跳，向後一躲，正好撞進站在他身後賣馬大漢的懷裡。大漢手臂一圈，箍住了他的脖子：「嘿嘿，踏破鐵鞋無覓處，得來全不費功夫。」

賣酒的大叔板臉道：「這不公平，不能讓你獨占。」

「沒錯，他是中了我的計。」賣藝小姑娘的笑容仍很甜蜜，但其中透出的獰厲之氣卻讓人不寒而慄。

賣菜大嬸沉聲道：「我有個建議，大家平分。」

大漢笑道：「這東西怎麼能平分？」一面挾持著莫奈何往後退。

莫奈何被他箍得喘不過氣，腦中一片混沌，掙扎著問：「你們到底在說什麼？你們想分什麼？」

「他們想要分你！」密林中傳來一聲寒徹心扉的喝叱。「分你的元陽！」

隨著語聲，洪櫻桃從大樹間走了出來。

空地上的大叔、大嬸們全都變了臉：「櫻桃，妳也想分一杯羹？」

「你們憑什麼跟我分？」洪櫻桃桀桀厲笑。「他是我的禁臠！」

莫奈何仍一頭霧水：「洪姑娘，妳的這群朋友好奇怪……」

「你以為他們是什麼？」洪櫻桃冷笑。「看看你喝的那杯酒。」

莫奈何舉起左手的酒杯一嗅，頓覺腥騷撲鼻，竟是他最熟悉的豬尿味兒。

「這……發酵過了頭了吧？」

「再看看那盤菜。」

莫奈何又望向右手的菜盤，那盤珍貴佳餚早已變成一灘昨晚肚子受了涼的豬拉出來的稀大便。

莫奈何噁心得要死，差點嘔了個胃翻：「你們都是黑心商人啊？」

妖們高興的齊聲大喊：「我們都是要吸你元陽的妖怪！」紛紛露出本相，賣酒的是荔枝妖、賣菜的是臭鼬妖、賣藝的是喜鵲妖、賣馬的是馬妖，還有花椰菜妖、銅妖、蠍子妖、犰狳妖、沼氣妖、死水妖、蘆葦精……

莫奈何嚇壞了：「原來世上眞有妖怪？」

趁著馬妖因洪櫻桃的現身而分神，莫奈何機靈的脫出他的掌握，抓下背上的鎖惡葫蘆，嘴裡胡亂唸著：「急急如律令！所有的妖怪統統請進……」

馬妖哂道：「你這破葫蘆能做什？」朝他一爪抓來。

洪櫻桃大喝：「讓開！」將身一低，猛一吸氣，身體突然漲大了好幾倍，變成了一個目如牛卵、鼻若火爐、口似血盤、滿嘴獠牙的粗壯大娘。

「我的娘喂，原來妳也是個妖怪？」莫奈何嚷嚷。

櫻桃妖展開擂木般的雙臂，掄起水缸般的拳頭，一團龍捲風似的滾向眾妖。

那些小妖的道行都還沒上千年，櫻桃妖則有七千年之多，她拳風所過之處，妖們不是莖葉分離，就是毛皮剝落。

賣酒的荔枝妖被打得紅殼破、白仁出，黑果核都險些迸成碎片；賣菜的臭鼬妖被打得連放臭屁，差點薰死自己；賣藝的喜鵲妖被打得羽毛紛飛、喉嚨沙啞，竟成了烏鴉；最慘的是沼氣妖，他本來就只是一團氣體，被打得身首分離，久久無法聚合在一起。

馬妖算是最強大的一個，但也禁不起櫻桃妖的缸大一拳，打得一張馬臉更拖長到了地下。

「櫻桃妖，算妳狠！」小妖們只得逃之夭夭。

莫奈何也想跟著他們一起跑，被洪櫻桃一把揪住後領：「我比他們更可怕？你有沒有搞錯，是我救了你！」

「但妳……妳是妖怪！」

櫻桃妖暗忖：「既然已經破了相，只好先坦然面對，以後再想辦法。人類的弱點就是有眞情，只要我對他好，讓他動眞情，他的元陽遲早還是我的囊中之物。」

當下收起粗壯大娘的造型，回復剛才的少婦模樣：「說實話，我眞的是敬佩你的爲人，而且，前幾天『龍陽眞君』託夢告訴我，要我留在你身邊保護你。你不知道啊，這世上的壞妖怪太多了，隨時都會把你吃掉，我呢，是個好妖怪，你也不是沒聽見，他們都叫我櫻桃妖，你想想看，櫻桃會有壞的嗎？」

莫奈何被她這麼一大串叮叮咚咚的言語說得半信半疑，仔細想來，她確實也並無劣跡，說不定眞是神明派來保護自己的，雖沒聽過什麼「龍陽眞君」，但想必是個好神。

「既然如此，那就……」莫奈何勉強接受。「但妳以後別再現出眞身了，好嚇人。」

「那才不是我的眞身。」櫻桃妖笑著現出本相，原來是個身長只有六寸的小紅人兒。

「我只學會九九八十一變的其中三變，能變成三種造型——小丫頭、少婦、粗壯大娘。」

「爲什麼只學會三變而已？」

「就是道行還不夠嘛。」櫻桃妖的感嘆之中滿含奸詐。「等我得到某個東西，增長功力之後，我就嘿嘿，無所不能囉！」

劍王之王

兩人出了森林，來到「銀莎江」邊的渡船頭。

候船亭是個小小的竹棚，裡面只坐著一個白衣白袍的中年人。

莫奈何正要往裡走，洪櫻桃卻忽然打了個寒噤，停下腳步。

「妳怎麼啦？」

「那個人……」洪櫻桃竟發起抖來。「我不敢近他的身。」

莫奈何大感奇怪：「妳怕他？難道他會捉妖的法術？」

「我不是怕他，是怕他身上的那柄劍。」

「原來妳怕劍？」

「普通的劍當然不怕，但他身上的那一把，絕對是全天下排名前五名之內的神兵寶劍。」洪櫻桃躲得更遠了些。「那種銳利的劍氣會刺穿我的骨髓，攪散我的道行！」

「原來妳也有弱點。」莫奈何心中暗喜，嘴上說著：「那要怎麼辦？我們總得搭渡船過江啊。」

洪櫻桃想了想：「你的那個破葫蘆現在倒有用了，讓我藏在裡面，就可以躲過那嚇死人的劍氣。」

莫奈何把葫蘆塞子拔了，櫻桃妖化作一縷紅煙，鑽了進去。

「師父說這葫蘆叫『鎖惡』，現在還眞的鎖了一個惡。」莫奈何笑道。「裡面還好吧？」

「挺寬敞的。」櫻桃妖在葫蘆裡發出還算滿意的話聲：「就是有點猴尿騷。」

「妳以後乾脆就住在裡頭，免得人家誤會我們私奔呢。」

莫奈何緩緩走入候船竹棚，小心翼翼的跟那個白衣人打個招呼：「賢兄早啊。」

那人修眉鳳目，看上去十分溫文儒雅，但眼神流動之間，卻透出一種沉靜犀利、洞徹人心的光芒，渾似他僅用目光就能把對手洞穿。

「道長好。」淡淡的語氣，卻不失禮。

「賢兄尊姓大名？」

那人又只是淡淡一笑，轉目望向左方小丘。

莫奈何偷眼瞟向他腰間佩劍，那劍並無特出之處，黑柄黑鍔黑鞘黑穗，若看不仔細，還以爲那只是一段鏽鐵。

莫奈何不懂江湖忌諱，莽莽撞撞的就想要開口詢問那劍的來歷，櫻桃妖卻似已知道了他的心思，在葫蘆裡猛踢了一腳。

莫奈何被她這麼一提醒，便把已到口邊的話語硬生生的嚥了下去。

這時左方煙塵騰捲，蹄聲如滾雷般一路響了過來。

白衣人輕輕嘆息一聲，像是在說「何必呢？」，起身走到棚外。

七匹馬構成的馬隊轉瞬來到面前，昨天想搶洪櫻桃的那四個傢伙居然也在其中。爲首的彪形大漢黑牛跳下馬來，翻手拔出劈山大斧：「項宗羽，看你還要往哪裡逃？」

原來這使劍的白衣人竟是名震武林、打遍天下無敵手的「劍王之王」項宗羽！

其他六名盜匪也都下了馬，紛紛掣出兵刃，把項宗羽包圍起來。

項宗羽又輕輕嘆息一聲：「你們來有什麼用？破城虎呢？」

「用不著我們老大出面！」黑牛舉起大斧正要進攻，轉眼卻見莫奈何坐在竹棚裡，登即嚇了一大跳。「原來你找了他來當幫手？」

項宗羽意外的瞟了瞟莫奈何，淡淡一笑：「項某人從來不需幫手。」

黑牛便朝莫奈何大叫：「既然如此，你就不要多事，別插手！」

其實莫奈何看見那些大漢全都手持狼牙棒、巨斧、大砍刀、鳳翅流金鐺等長大兵器，早把腦袋縮到了肩膀裡，哪還敢強出頭？

黑牛等人胡哨一聲，掄起傢伙從四面攻上。那七件兵器加起來最少有三百斤重，瞧那威勢，光是用壓的，都能把項宗羽壓得扁扁的。

但見項宗羽手腕一轉，長劍出鞘，卻是一柄連劍身、劍刃都是純黑色的怪劍。那劍毫不著力的輕輕掃過，響起連串「嗆啷」之聲，再定睛看時，巨斧已變成了一根禿棍子、狼牙棒已變成了一支牙籤、大砍刀則已變成了連雞都殺不死的捲口菜刀。

黑牛等七人望著自己手中的兵刃，全都嚇傻啦！

項宗羽早已收劍入鞘：「回去告訴破城虎，叫他自己來面對我。我今天不殺你們，但你們若執迷不悟，還要再與破城虎狼狽為奸，下回被我碰到，決不留情！」

黑牛等人如蒙大赦，紛紛爬上馬背，比來時快上百倍的沒命飛奔而去。

項宗羽走回棚內，笑問：「原來道長之前也跟他們交過手？」

莫奈何這才從驚愕中回神：「我……這……我只是跟他們打過一場拳……」

「道長的拳法想必高明。」

莫奈何的腦袋又縮到肩膀裡去了。

卻聽得右側草叢中一人笑道：「項大俠辣手仁心，果然名不虛傳。」緊接著就見一對揹著簡單行囊的父女從草叢中走出。

父親四十開外，女兒則只有十八、九歲。

這少女……唉，要怎樣形容這少女呢？

瓜子臉兒？眼若晨星？唇若紅櫻？都太俗了吧！簡直沒有任何現成的詞句可以用得上。

說是仙女嘛，太不親切；說是西施嘛，還貶低了她的容貌；說是閉月羞花嘛，又太過空泛。總而言之，把人間所有的絕色統統加在一起就對了！

莫奈何望著這少女，就像一隻觸了電的鴨嘴獸，張口結舌，醜態畢露。

心上人出現了！

十八歲小伙子的心臟爲何會突然加速跳動，爲何會像挨了一棒的毛毛蟲似的縮成一團，實在毋須多做解釋；其中敏感、纖細、崇高、聖潔的部分，更無法一一剖析。

「我終於明白我來到世上是要幹什麼了！」莫奈何在心中嘶喊。

當一個小伙子忽然感到自己變成了一條河流，不顧一切的向前流去，拚了命也要把對方完完全全的溶入自己身體裡面，如果不能，便寧可讓自己撞碎在礁岩上。我們當然不願成天說些刻薄話，但此時此刻，我們卻不得不做出以下嚴肅而莊重的結論──這傢伙他娘的完蛋了！

莫奈何的蠢相看在任何人眼裡，都不難明白他心中正在想些什麼。

那少女心中有氣，離得他遠遠的。

父親自我介紹：「老漢梅琴鶴，這是小女梅如是。」

梅如是！

這會是莫奈何將來在臨終前留在腦海裡的最後三個字。

「項大俠剛才的那一劍，真讓老漢大開眼界。」梅琴鶴由衷讚嘆。

項宗羽淡淡一笑：「那不是在下的劍術好，只是這柄劍好。」

梅如是依偎在父親身邊，忍了許久，終於忍不住，輕盈盈的開聲道：「項大俠，小女子有個不情之請，還望項大俠見諒。」

項宗羽禮貌點頭：「請說。」

「可否借項大俠的劍一觀？」

項宗羽微微一怔，對劍有興趣的女子可不多。二話不說的把劍遞了過去。

梅如是左手將劍一領，右手順勢拔劍出鞘，再拈起左手二指在劍身上輕輕一彈。

劍身發出「錚」地一聲清音。

梅如是臉上浮出驚羨之色，立時還劍入鞘，雙手奉還，並行了個萬福禮：「多謝項大俠了我生平夙願。」

項宗羽這一輩子不知面對過多少絕頂高手，卻從來沒有這麼驚訝、意外過。

所謂「行家一出手，便知有沒有」，見她領劍、順劍、拔劍、彈劍、收劍的手勢，顯然是個大大的行家。

這位二十歲不到的姑娘，難道竟是個武林高手？

梅琴鶴笑道：「項大俠莫見怪，我這閨女自幼什麼都不喜歡，就是喜歡賞劍，後來就執意要當個鑄劍師，老漢怎麼也阻止不了，只好……嘿嘿，順其自然了。」

這樣一位看似弱不禁風的絕世美女竟是個鑄劍師？

莫奈何緊盯著她，又呆了。

項宗羽回過神來，笑問：「既然如此，在下可要考姑娘一考了，可知這柄劍的來歷？」

梅如是如數家珍的說著：「昔年，越王勾踐的父親允常請求一代鑄劍大師歐冶子為己鑄劍。歐冶子挾其精術，前往湛盧山中設爐。赤堇之山，破而出錫；若耶之溪，涸而出銅；雨師灑掃，雷公擊橐，蛟龍捧爐，天帝裝炭。歐冶子乃因天之精神，悉其技巧，三年後而劍成，共鑄大劍三、小劍二——湛盧、純鈞、勝邪、魚腸、巨闕。五劍鑄成之時，精光貫天，日月鬥耀，星斗避怒，鬼神悲號……」

梅如是一連串說到這裡，方才換了口氣兒：「這五柄劍的妙處是：觀其華，捽如芙蓉始出，觀其釽，爛如列星之行；觀其光，渾渾如水之溢於塘；觀其斷，巖巖如瑣石；觀其才，煥煥如冰釋……」

梅琴鶴打岔道：「丫頭，項大俠問妳知不知道這柄劍的來歷，妳說那麼多做什？」

梅如是頗感抱歉的淺淺一笑：「項大俠的這柄劍正是五劍之首，湛盧。」

項宗羽追問：「這湛盧有何妙處？」

「湛盧劍通體純黑，乃五金之英、太陽之精，寄氣託靈，出之有神，服之有威，可以折衝拒敵，但人主君王若有逆理之謀，此劍即會自行離去……」

「如此神妙？」

「不錯。越國後來屢敗於吳國，越王允常的五柄寶劍也散落各處。吳國的公子光得到了湛盧、勝邪、魚腸三劍，他結交勇士專諸，授以魚腸劍，刺殺吳王僚而取得了王位，是爲吳王『闔閭』，但他爲君無道，他的女兒病死，他居然坑殺一萬名百姓給其女陪葬，吳人悲怨萬分，湛盧劍便去之如水，行秦過楚。楚國適値昭王在位，一日他從睡夢中醒來，竟看見此劍橫放在枕邊，後人因謂：『去無道以就有道，故湛盧入楚』，所以從此之後，大家都把湛盧當成可以預示國家興亡的仁者之劍。」

項宗羽聽完，站起身來，一禮到地：「姑娘不僅懂劍，而且博學多聞，在下佩服得五體投地！」

梅如是連忙讓開：「項大俠休得如此。」

項宗羽哈哈大笑：「項某人今天終於見識到人外有人，而且還是個巾幗英雄、莫邪再世！」

梅氏父女連連鞠躬：「項大俠過譽了！過譽了！」

莫邪是春秋時代最有名的女性鑄劍大師，她與丈夫干將的事跡傳誦千古，項宗羽將梅如是與她相提並論，當然是給予了最高的評價。

不提他們三人熱絡成一處，一旁的莫奈何卻是沮喪得不得了。

梅如是剛才講的那一大串話，他費盡心力去聽，卻連十分之一都聽不懂！這個心上人，不但這麼有學問，而且藝業有專精，怎會看得上他這麼個渾頭小呆瓜？如此衡情度勢，他的癡心、他的夢想、他對未來的憧憬，到頭來多半只是滿天虛幻的泡沫而已。

莫奈何愈想愈氣餒，這會兒可把腦袋埋到肚子裡去了。

十年修得同船渡，百年修不到共枕眠

渡船終於來了。

擺渡的是個留著兩撇八字鬍的胖子，不清不楚的亂哼些小調。

莫奈何等四人上了船，緩緩駛向對岸。

項宗羽詢問梅氏父女：「兩位要去何處？」

「說來話長，」梅琴鶴嘆了口氣。「我有個外甥顧寒袖，決非老漢誇口，端的是才高八斗、學富五車，去年秋天進京趕考，不料時運不濟，竟未高中，回鄉路上不知怎地又得了重病，暈倒在一翁姓人家的門口，幸虧那位翁大善人好心將他收留，並託人捎來書信，所以我父女倆現在急著趕去探視他的病情，若無大礙，當然就順便把他帶回家……」

船伕打岔：「瞧您不是本地人，可知道這裡的路？」

「正要請教。」梅琴鶴露出困惑的表情。「翁大善人的來書中說他住在『美夢小鎮』，可我們到處打聽，卻沒人知道這地方？」

「美夢小鎮？」項宗羽和船伕一起搖頭。「真的沒聽說過。」

梅琴鶴轉問莫奈何：「小道長可知端底？」

莫奈何猛搔頭皮：「我很少下山，各地地名對我來說都是一團漿糊……不過，等一下。」

莫奈何走到船尾，低聲向葫蘆裡的櫻桃妖問著：「喂，妳知不知道什麼美夢小鎮？」

櫻桃妖卻似睡著了，根本不出聲。

大家見他對著一個破葫蘆盡嘀咕，都當他精神不太正常，便不再理他。

船至中流，那船伕忽然把櫓擺平，讓渡船在江心滴溜溜的打轉。

項宗羽立知事有蹊蹺，沉聲道：「船家，你罩子最好放亮點！」

那船伕一張胖嘟嘟的臉忽然變得猙獰可怕，喉嚨裡發出的「嘰嘰」笑聲更讓人直冒雞皮疙瘩。「我知道你劍術高強，但在水裡，你又能奈我何？」
話沒說完，一個後空翻就跳入了江中。
「竟上了賊船！」項宗羽忙去把櫓。「你們可識水性？」
莫奈何的老家就在溪邊，可說他從小就是在混著豬糞的溪水中泡大的：「我沒問題。」
梅氏父女卻都變了臉，顯然不會游泳。
莫奈何正想上前去幫項宗羽穩住渡船，卻只覺船身猛然一震，有若船底被一個巨大的東西碰撞了一下，使得整艘船都翻了過去，四人盡皆落水。
莫奈何的第一個反應就是去救梅如是。
明明看見心上人就在面前，但他伸手一撈，卻撈了個空。
「怎麼會這樣？」精通水性的莫奈何不由納悶。
就在這時，梅琴鶴已緊緊抱住了他。
溺水之人摸著東西就抱，此乃正常反應。莫奈何甩脫他的擒抱，反手抓住他的衣領，將他提出水面。
項宗羽游了過來：「梅姑娘呢？」
莫奈何把梅琴鶴的頭按入水裡，讓他多喝兩口水，弄暈了過去：「你能送他上岸嗎？我去找梅姑娘！」

讓項宗羽接過梅琴鶴之後，莫奈何卸下背上葫蘆，讓它漂在水面上，自己忙又一頭扎入水中，但經過這陣耽擱，再要尋找梅如是就更難上加難了。

莫奈何心急如焚，找不著，冒出水面換口氣，再扎下去，換口氣，再扎下去……但不管他再怎麼拚命搜尋，仍然連具屍體都沒看見。

任憑莫奈何水性再好，總也會精疲力盡，當他終於放棄的時候，已險些游不到對岸，幸虧葫蘆並未漂遠，他一把抓住，增加了許多浮力，才得以平安抵達岸邊。

莫奈何喘過氣兒，第一件事就是沮喪大哭。

好不容易遇見了令自己心儀的對象，卻不料就這麼著的在他眼前香消玉殞！

也不知哭了多少時候，才聽得櫻桃妖在葫蘆裡打了個呵欠：「盡哭個什麼勁兒，吵死人了！」

「妳才別吵！小心我把妳丟到江裡去！」莫奈何的怒火不打從一處來。

「我知道你喜歡那個姑娘，可惜啊可惜，哈哈哈。」櫻桃妖放聲大笑。「你哪有這個福分！人說十年修得同船渡，百年修得共枕眠，你確實修到了同船渡，但想要共枕眠，哼哼，下輩子吧！」

莫奈何氣得眞想把葫蘆拋入江裡，櫻桃妖卻早已竄了出來，罵道：「我說你這個呆瓜，連這個都想不通？就算她還活著，也沒你的分兒。」

莫奈何不解其意，楞了楞。

「你想想看，她的表哥遇到了一些小災小難，她父親去救就好了，怎會帶著她一起去？可見她跟她的表哥一定是從小就定好的親，而且情深意篤，今天你拚命救她，只不過是爲他人做嫁衣裳而已。」

「我才不管這些！」莫奈何又想哭，但已哭不出淚。「我只想讓她活得好好的，就算她將來嫁給了表哥，我也心中歡喜。」

「那麼我就老實告訴妳，她活得好好的，只是不會嫁給表哥，更不會嫁給你。這樣，你心裡可以歡喜了吧？」

莫奈何聽她話中有話，燃起了無限希望：「妳……說這什麼意思？」

「哼，不告訴你！」

妖怪的情敵！

莫奈何從來沒有這麼求過人。

姑奶奶、好姐姐、老祖宗的喚了上千遍，只求櫻桃妖給個答案。

櫻桃妖戲弄夠了，才悠悠哉哉的說道：「那船伕是個鯰魚妖，你也知道鯰魚這種東西，天性最是好淫，他本來就沒想害你們，只是要把那姑娘抓去爽個痛快！」

莫奈何一聽，更急了：「這怎麼可以？妳要幫我救她！」

櫻桃妖一翻白眼：「我幹嘛要救她？」

「求求妳，求求妳，求求妳……」莫奈何又磕了上千個頭。

櫻桃妖眼見莫奈何急成這副德性，心中好比打翻了七、八個調味罐，酸甜苦澀辛辣鹹淡一起來。

若要說起櫻桃妖的心思，可複雜了。

梅如是可以算是她的情敵，說得更準確一點，是搶奪莫奈何元陽的勁敵！

如果救了梅如是，豈不是把自己的囊中寶物雙手奉送給了她？

但從另外一個角度來想，那梅如是心高氣傲，術業又有專精，絕對不會看上莫奈何這頭笨豬；而這頭笨豬絕對會爲了梅如是，死守元陽不放，這樣自己就有利可圖了！

怎麼說呢？元陽藏在男人體內愈久愈有價值，莫奈何今年十八歲，已是珍貴得不得了，如果他死活追求不上梅如是，當然就會把元陽保存得更久（說不定能夠保存到二十五歲呢，天哪，多好哇！）那價值就更增千萬倍不止。

換句話說，只要自己一直對他好，等到他終於對梅如是死心的那一天，也就是自己豐盛收割的那一天！

反之，假如今天不救梅如是，莫奈何一定會恨自己一輩子，想要收割也就沒門了。

如此這般的念轉千回、心繞萬圈，終於點了點頭道：「好吧好吧，我們去救你的心上人吧。」

不提莫奈何抱著她感激涕零，卻說項宗羽救醒了梅琴鶴，痛失愛女的父親哭得死去活來，項宗羽亦只有嗟嘆而已。

鬧了許久，兩人才想起莫奈何：「別是人沒救到，也沉到江裡去了吧？」

兩人沿著岸邊苦苦搜尋，卻看見莫奈何揹著葫蘆一蹦三跳的迎面走來，彷彿要去迎親。

項宗羽剛才眼見他拚命救人，就像在救自己的親娘；可現在，人沒救著，他卻一臉笑嘻嘻的，眞不知是何道理？

「小道長，你還好吧？」

「好得很，好得很。」

梅琴鶴受不了他這一副喜氣洋洋的模樣，簡直就想翻臉。

卻聽莫奈何說：「我們快去救梅姑娘！」

「去哪兒救？」

莫奈何掏出點妖筆，平放在手掌心上，那筆轉了幾轉，指定西北西方，莫奈何順勢一指：「她被妖怪抓走了，就在前面的水底洞穴裡。」自然都是櫻桃妖告訴他的。

弄得項宗羽有些發傻：「莫非失心瘋了？」

「我們快走啊！」

「道長且住，世上豈有妖怪這種東西？」

莫奈何笑道：「項大俠，你可別太鐵嘴，這世上，有些事情遠遠超乎人們的常識，所以，跟著我走準沒錯！」

項宗羽、梅琴鶴只得懷著死馬當活馬醫的心情，跟著莫奈何沿江亂走。

莫奈何一邊走，一邊悄聲詢問葫蘆裡的櫻桃妖：「方向對嗎？還要走多久？」

項宗羽見他又盡跟葫蘆說話，雖覺怪異，卻不便開口探問原由，只在心中暗想：「這個小道士有時候很蠢，有時候又很怪，不知出自何門何派？」

不多時，來到一處江灣，櫻桃妖發話道：「就在這岩岸的下方，有一個很大的洞穴，洞裡有座平臺，就是他淫樂之處。」

莫奈何揹著葫蘆就想往下跳，櫻桃妖忙道：「等等！你就這樣跳下去，怎樣救人？你打得過那妖怪嗎？」

「咦，妳不是要幫忙嗎？」

「我只管帶路。我跟那鯰魚妖是老相識，可不好爲了此事翻臉。」

莫奈何可楞住了：「那我要怎麼救？」

「笨死了！我怕那柄寶劍，其他妖怪難道就不怕？」

一語提醒夢中人，莫奈何急忙跑到項宗羽面前：「項大俠，救人要緊，須得您的寶劍一用！」

項宗羽倒也爽快，馬上把湛盧劍交給他。

莫奈何一個翻身就進了水裡。

水中洞房

鯰魚沒有鱗，摸起來挺光滑的，只是嘴邊有兩根觸鬚，讓他顯得很奸詐。

此刻他就翹著他那兩根鬚，靜靜的觀賞梅如是的睡姿。

梅如是遭妖法迷昏，已被剝得一絲不掛，但鯰魚妖並不急著玩樂，他要先欣賞個夠，正如同一個習畫的學生，把全裸的梅如是擺成各種姿態，讓這一幅幅美景深深銘刻入腦海。

莫奈何懷著滿腔怒火游入洞穴，爬上平臺，本想拔劍動手，但一眼瞥見玉體橫陳的梅如是，腦袋又宛若重重的挨了一槌，完全呆掉了。

鯰魚妖怒道：「你這不知死活的東西，偷溜進來幹嘛？」

莫奈何這才回神：「本道士今天要收你這個妖！」「嗆」地一聲，拔出湛盧寶劍，一溜墨黑的寒芒劃過洞內微弱的天光，益加森冷凜冽。

鯰魚妖臉色大變，連連後退。

莫奈何沒學過武術，更別提劍法，但他經常看見師父揮舞桃木劍驅邪的架式，當下便依樣畫葫蘆，揮舞著湛盧劍，節節進逼，嘴裡還嘟囔著自己剛剛發明的咒語。

正如櫻桃妖所說，這種等級的寶劍所發出的劍氣，讓妖們完全無法抵擋招架，鯰魚妖嘴邊的觸鬚瞬間就被劃斷了一根，扁扁的魚頭也被割得鮮血淋漓。

「眞是生平僅見的厲害道士！」鯰魚妖心膽俱喪，趕緊跳入水中逃走。

莫奈何哈哈大笑：「終於收了妖了！」一轉身，又傻掉了。

身無寸縷的心上人躺在那兒，現在該怎麼辦？

莫奈何亂敲葫蘆：「喂喂喂，快出來！」

櫻桃妖懶洋洋的現了身：「又在吵什麼啦？眞煩！」

「妳看她……她……她……」

「她怎麼樣？」

「她沒穿衣服。」

「我有眼睛，不用你告訴我。」

「妳……妳幫她穿上，好不好？」

「為什麼我要幫她穿上？」

「妳是女人啊！」

「我是妖怪，不是什麼女人。」

櫻桃妖望著梅如是那張美豔絕倫的臉龐、無懈可擊的身材，可把之前的念頭拋到了九霄雲外，忍不住起了殺心。

她一步步的走近梅如是，臉上浮起濃烈的殺機。

莫奈何見勢不妙，忙攔在她身前：「妳想幹什麼？」

「既然你不知道該怎麼辦，我就殺了她！」

「妳連我一起殺了吧！」莫奈何垂淚。

櫻桃妖憤慨的噴了口惡氣，尋思：「小不忍則亂大謀。」轉身坐到一邊，一副看好戲的模樣。

莫奈何怔怔的道：「難道要我幫她穿？」

「豈不正如你所願？如果你高興的話，現在就可以壓到她身上去！」

「我怎會這麼齷齪！」莫奈何撿起丟在一旁的梅如是的衣服，小心翼翼的想要幫她穿上，但他根本不懂女性衣物的穿法，弄過來弄過去，弄得滿頭大汗。

櫻桃妖冷眼旁觀莫奈何的反應——他望著裸體的梅如是，跟那日望著裸體的櫻桃妖，反應完全不同，很顯然的，現在他的心中並無半絲邪念，那個敏感的部位也沒有發作令人難堪的反應。

「有人說，男人對於當作女神般崇拜的女性，心思是完全聖潔的。」櫻桃喜在心裡。

「如果他對梅如是眞是如此，他的元陽就可以保得住了！」

但同時，卻又感到嫉妒與失落：「爲什麼他對我就不會這樣呢？他把我當成了什麼？淫賤的蕩婦？人盡可夫的妓女？」

愈想愈氣，直想惡狠狠的掐死那個小渾頭！

莫奈何亂七八糟的搞了半天，連一件肚兜都沒能替梅如是穿上，終於虛脫、頹然的坐倒：「這麼難穿的東西是誰發明的啊？」

「這無聊的戲碼未免拖得太久了。」不耐煩的櫻桃妖不能不出手了，她三兩下幫梅如是穿好衣服。「可以走了吧？」

莫奈何有了招牌

當莫奈何揹著梅如是浮出水面的時候，梅琴鶴的喜悅與項宗羽的意外都達到頂點。

「小道長太厲害了啊！」

莫奈何上了岸，把梅如是平放地面，用櫻桃妖指導的方法，找了根艾草，伸入被妖法弄暈的梅如是的鼻孔裡攪了攪，她旋即醒了過來。

「爹……？」完全不知道自己剛才經歷了一場生死浩劫。

梅琴鶴追問：「那妖怪長得什麼樣子？」

梅如是一頭霧水：「什麼妖怪？」

無論岸上或水裡的人，都沒有看見妖怪，項宗羽心中自然存疑。不過，不管怎麼樣，人確實是莫奈何救起來的。

「丫頭，妳可要感謝這位小道長，真個是恩同再造啊！」梅琴鶴抱著莫奈何感激萬分。

聽完父親敘述自己獲救的過程，原先不屑莫奈何的梅如是，覺得既抱歉又後悔：「小莫哥，多謝你啦。」

盈盈一禮到地，讓莫奈何慌得手足無措、傻笑連連：「沒什麼……沒什麼……」

眾人離開岸邊，眼見天色已晚，便尋了塊乾淨所在生火露宿。

此時大家的目光幾乎全集中在莫奈何身上。才不過兩天，他就從一個成天被師兄欺負的受氣包，變成了被大俠、美女敬仰的大英雄，莫奈何覺得自己簡直就活在夢裡。

大家紛紛問起他將來的志向如何？

莫奈何不好說「今生唯一的志向就是娶梅姑娘為妻」，只得搔了搔頭說：「道士的職責就是捉妖唄！」

惹得櫻桃妖在葫蘆裡踢了他一腳。

「還有就是，」莫奈何添補了一句：「現在只想先陪你們去找美夢小鎮。」

「小道長恁地義氣！」梅琴鶴又感激得無以復加。

項宗羽道：「既然要行走江湖，總該有個明顯的標幟，否則一般人怎知小道長的本領？」

「也是！也是！」大家都熱烈同意。

梅如是打開行囊，取出一塊粗布，剪成兩條布幅，再取出筆墨，一揮而就。

眾人定睛看時，布幅上的字體既娟秀又挺拔，寫著十四個大字：「雙眼覷破生死關，隻手扭開天地門。」

「好句子！好對聯！」莫奈何歡喜得連聲傻笑，猛搔頭皮。

項宗羽由衷讚賞：「梅姑娘才思敏捷，眞乃人中之鳳！」

「項大俠過獎了，都是跟我表哥學的。」

梅如是說起「表哥」兩字的時候，俏臉上不由自主的浮起一片嬌羞的紅暈光澤。

莫奈何在旁瞧覷得眞，暗道：「櫻桃妖沒說錯，他倆一定是從小就定了親的。」心中不免感到一陣巨大的失落。

梅如是的疑惑

臨睡前，梅如是悄悄挨到莫奈何身邊：「小莫哥……」欲言又止，欲語還羞。

「什麼事？」

「那個賊人把我擄去，在我昏迷的時候，他有沒有？……有沒有？……」怎麼也說不出口。

「姑娘放心。我找到妳的時候，妳只是好端端的躺在那兒。」莫奈何安慰著，雖然他已經看遍、摸遍了她的身體，但腦中卻完全沒有她裸體的畫面。「那個妖怪還沒來得及怎麼樣，就被我打跑了。」

「是個賊子吧？」梅如是根本不相信妖怪之說，項宗羽等人心中想必也是如此。

「呃，就算是個賊人吧。」莫奈何不想多費唇舌去讓他們相信世上眞有妖怪這種東西。「總而言之，姑娘沒有遭到任何不禮貌的事情。」

梅如是放下了心頭重擔，葫蘆裡的櫻桃妖卻後悔不已：「早應該讓那鯰魚把她姦污了才對！」

翌日醒來，繼續上路。眾人不想回到江邊沿江而行，但此處地形複雜，愈往山裡走就愈失去了方向。

耗費了幾天行走過蜿蜒雜亂的山路，終於在一日清晨繞出山區，穿過一層輕紗也似的薄霧，就看見前方路邊立著一塊石碑，上刻：「歡迎光臨美夢小鎮。」

夢幻一般的地方

暮春雨後的江南小鎮，幽靜寧謐，屋簷滑落串串水滴，猶若斷線珍珠。池塘裡的荷花含苞待放；貫穿小鎮的小河河面，散布著離枝梅花。一名老者駕著一葉小舟在河中緩緩逡巡。河邊，幾名婦女正在洗濯衣衫，她們是那麼的悠閒，沒有嘮叨絮語、不見匆忙勞碌，祥和的神情一如平靜的涓水細泉。

陶塑師傅坐在作坊的臨街窗前拉胚，滿街春意吸引不走他的注意力，他只是面無表情的捏塑著心中想像的形狀。

「請問，翁大善人住在哪兒？」眾人上前詢問。

陶塑師傅頭也不抬，一指長街盡頭。

眾人舉目望去，果然好一座巨宅，屋宇連雲，亭臺樓榭無不具備。

項宗羽朝梅氏父女道：「你們快去吧。」

「二位何不一起來？」

「不了。」項宗羽心裡有事。「我們就住在客棧裡。暫且別過。」

莫奈何本想纏著梅如是不放，但一方面，如若見到梅如是與表哥重逢的場面，不知自己是否承受得住？更覺得自己就像一根多餘累贅的蠟燭；再者，項宗羽不去，自己當然也就不好開口。

望著梅氏父女走遠，項宗羽低聲道：「小道長，這幾天可要當心了。」

莫奈何一怔：「卻是爲何？」

「剛剛在鎮外看見一個匪類鬼頭鬼腦，極有可能是破城虎的手下前來探風的。」

莫奈何打了個寒噤：「難道他們想要洗劫這裡？」

「這群人無惡不作，若眞來了，可是一場浩劫！」項宗羽掉頭就走。「我要先去做一些準備。」

做什麼準備？莫奈何來不及問，項宗羽已走遠了。

「他有事要做，我也該做些什麼。」莫奈何心想。「對了，應該讓鎮民有所警惕才是。」

莫奈何背上揹著大葫蘆，手裡擎著那兩幅梅如是幫他寫的招幌，還挺有點江湖郎中的架式。他大搖大擺的走過小鎮街頭，一邊學著師父的慣常用語，開聲大叫：「面相、摸骨、測字，樣樣精通；命運、財運、官運，一說就中！來，大嬸，算個命吧？大叔？老伯？」

迎面而來的鎮民都很有禮貌的朝他微笑點頭：「歡迎光臨美夢小鎮。」卻沒人願意停步接受命運的指點。

小鎮沒多大，莫奈何沒花多久時間就繞了一轉，得到許多親切的招呼，但每當他想開口說話，那些人卻全都走了開去。

莫奈何頗覺無趣的經過一個燒餅攤，老闆是個頗爲英俊討喜的小伙子——芝麻李，他轉動著異常機靈的眼珠子，笑著招呼莫奈何：「小哥兒，省點力氣吧，咱們這兒沒人愛算命。」說著，遞過一個燒餅。「歡迎光臨美夢小鎮，請你嘗嘗，免費的。」

莫奈何不客氣的抓過燒餅就啃了一口：「嗯，好吃。我也免費幫你算個命，你活不過五天了！」

芝麻李一楞，心中暗犯嘀咕：「世上怎有如此魯莽無禮之人？」但他臉上依舊笑容可掬，兩隻靈活的手掌飛快的揉著麵糰、捏著燒餅，簡直讓人眼花撩亂。

莫奈何沉聲道：「不僅是你，你們這什麼美夢小鎮的人，統統都活不了多久。」

芝麻李又是一怔，不免惱怒，但表面上仍維持著基本禮貌：「唉，小哥兒眞愛說笑，人的壽命本由天定，果眞如此，也怨不了誰。」

莫奈何望著芝麻李俊俏無倫的臉龐，一挑大拇指：「哈，你倒挺豁達的！好個美夢小鎮，連賣燒餅的都像個美夢！」

「小哥兒的嘴巴眞甜。」芝麻李很是開心。

莫奈何卻又一板臉：「你可聽說過『破城虎』嗎？」

「破城虎？」芝麻李一臉呆樣。「是老虎的一種？」

「那是一幫兇惡的流寇！」莫奈何威嚇道。「他們到處流竄，燒殺擄掠無所不爲，官軍竟拿他們沒辦法。貧道剛從銀莎江渡船頭那邊過來，聽說這幫子惡賊現在已經來到這附近一帶。所以不是我烏鴉嘴詛咒你們，我是在警告你們，如果不加防範，這兒所有的居民都活不了多久了！」

芝麻李聽完，毫無戒懼之心的笑了笑：「千年以來，美夢小鎮從沒遭受過兵災人禍，小哥兒，你過慮了。」

「你……唉，怎麼一點警覺心都沒有？」莫奈何眞拿他沒辦法，正好見一老者經過，便伸手攔住：「老伯，破城虎那幫流寇就要來了，你說該怎麼辦？」

老者開懷的笑著：「有客人要來？那好啊！我們會好好的招待他們！」

莫奈何更莫可奈何，又攔下一名胖婦：「大嬸，破城虎那幫盜匪就要來了，他們可是見人就殺的壞蛋啊！」

胖婦笑得眼睛變成兩條縫：「小哥兒，你胡說，世上沒有這麼壞的人！」

莫奈何見全鎮居民都無任何反應，憂慮得連聲嘆氣。

「小哥兒，我勸你省點力氣吧，危言聳聽在美夢小鎮是沒用的。」芝麻李又道。

「我……噴！」莫奈何賭著氣，沿街走了下去。

才子有病

卻說梅氏父女來到翁宅，翁大善人親自接待。他年約五十，略現福態，生著一張讓人一見如故的親切笑臉。

「終於有人來了，我也就安心了。」翁大善人領著他倆經過庭院長廊。「顧公子暈倒在我家門口的那一天，病得還真不輕，這幾天已經好多了。」

七拐八彎的來到客房，梅如是一進門，頓覺心如刀割。

躺在病床上的顧寒袖面如白紙，嘴唇異常紅潤，胸前因盜汗而溼了一大片。

「表哥……」梅如是連忙坐在床沿，查看顧寒袖的病情。

論及顧寒袖的才學，如果他說自己是天下第二，就沒人敢稱天下第一。他決不會把四書裡的句子錯認爲是五經裡的，孔子、子思、孟子的關係也決不會搞混。少年時，他跟並稱爲「江南二大才子」的文載道比賽背書，一人背一百遍四書五經，以均速取勝。

他的均速是每背一遍需要十三時三十五分六秒零六，文載道其實比他快了一分兩秒，但當文載道背到第九十九遍的時候，不小心摔了一跤，把腦袋撞壞了，變成過目即忘的白癡。從那以後，天下就無人能望顧寒袖之項背。

去年秋天他進京趕考，大家都認爲狀元定是他囊中之物，然而老天爺總愛作弄人，就在考前一天，他喝了一碗最愛喝的紅豆湯，結果就開始猛拉肚子。

他進了貢院，被安排在「天字第一號」的號舍。「天字巷」共有二十間小房間，巷子的最末端是茅廁，九天三場下來，他幾乎都蹲在廁所裡狂瀉，弄得臭氣薰天，結果不但他沒考上，他那條巷子的其餘十九名考生也全都飽受污染、名落孫山。

他萬念俱灰的打包回家，好不容易走到美夢小鎮，就昏倒在翁大善人的門前，幸虧翁大善人妥善照顧，並託人捎信給梅家，否則現在他恐怕早已成爲倒斃於路邊的一堆枯骨了。

翁大善人的高潔品性

小爐上的藥煎好了，梅如是從婢女手中接過藥碗，端到病榻前，顧寒袖勉強坐起身來，伸手想接，但身體虛弱，手上乏力，差點連碗都拿不住。

「讓我來。」梅如是溫柔細心的餵藥。

顧寒袖感激而深情的睇視著心上人：「如是，我拖累妳了……我這病恐怕好不了了，妳將來一定要找個好婆家……」

梅如是泫然欲涕：「不要這麼說，你會好起來的，你會好起來的。」

梅琴鶴在旁看著這一幕，不勝感慨，翁大善人偷偷一拉他衣袖，兩人退出房間，走向百花盛開的庭園。

「翁大善人，若不是你仗義相助，我外甥的一條命早就沒了，小女亦將終生抱憾。」

翁大善人安慰著：「顧賢姪的病情雖然嚴重，但這兩天已有好轉的跡象，但願事情能夠有個圓滿的結局。」

梅琴鶴頗不樂觀的重嘆一聲：「看他這病，唉……」又忍不住抱怨：「我這外甥什麼都好，就是功名之心太重，這次進京趕考，不但名落孫山，還差點鬧了個命歸黃泉，想想眞是所爲何來？」

翁大善人笑道：「讀書人十年寒窗，誰不想求取功名，光宗耀祖？梅兄千萬不要苛責於他。更何況，若不是他返鄉途中，病倒在我家門口，梅兄你也不會攜女前來營救，我也就不會認識你這個好朋友啦！」

梅父感激莫名：「翁大善人，你我素昧生平，你卻如此盛情，我梅氏父女一輩子忘不了你的恩德。」

「欸欸欸，不要這麼迂腐！趁著春景尚存，咱們飲酒賞花去。」翁大善人引著梅琴鶴走向庭院深處。

都是天下第一

莫奈何又在小鎮上踅了三轉，仍沒人願意聽他的「危言」，他有點喪氣的坐在街邊休息。

「眞沒碰過這樣的人。」他對葫蘆裡的櫻桃妖抱怨。「日子過得太好了，一點危機意識都沒有。」

櫻桃妖卻似睡著了，根本不理他。

莫奈何正想去客棧休息，忽見一個胖嘟嘟的漢子迎面而來，正是自己下山的首要任務——「豬王」左富貴。

「唉喲，左大爺，我們找你找得好苦啊！」

左富貴笑嘻嘻的上下瞟了他一眼：「歡迎光臨美夢小鎮！」

莫奈何暗忖：「爲什麼每個人都愛講這一句？」嘴上說道：「左大爺，原來你跑來這裡，大家找你找得都快發瘋了！」

左富貴笑道：「發瘋了不好，人不能發瘋。」

莫奈何嚷嚷：「你可知道兩浙路的那場豬瘟？幾乎全死光了！」

左富貴笑道：「豬瘟不好，豬不能得豬瘟。」

「所以你該回去救豬命啊！」莫奈何見他一臉事不關己的鳥樣，心中有氣。「這兒又沒人養豬，你留在這兒幹什麼？」

「這裡是美夢小鎮，歡迎光臨！」

「不要一直說這廢話！」莫奈何發急。「你是天下第一獸醫，應該履行你的任務！」

左富貴笑道：「天下第一？這裡的天下第一可多了，有天下第一大善人、天下第一雕刻師、天下第一獵人、天下第一廚師、天下第一衙役、天下第一書法家、天下第一勇將、天下第一農夫、天下第一妓女、天下第一店小二、天下第一管家……」

左富貴邊說邊走，眨眼就走得不見蹤影。

「難道他竟瘋了？」莫奈何莫可奈何。「只好慢慢想個辦法把他勸回去。」

莫奈何又往客棧走，經過陶塑作坊門口。

那陶塑師傅依然專心於手上的工作，一尊沒有頭的刑天陶塑生胚已然成形，他正在為生胚上釉彩。

「你塑的這是什麼？」莫奈何好奇。

那師傅卻跟其他鎮民不同，冷板著臉，半字不答。

莫奈何暗笑：「總算有個人不說：『歡迎光臨美夢小鎮』，也許可以聽他說幾句不一樣的話。」便把招幌放在門口，走了進去。

那師傅也不招呼客人，只瞟了瞟他背上揹著的大葫蘆。

莫奈何搭訕道：「師傅高姓大名？」

那師傅不甚情願的唔吸了一聲：「燕行空。」

「你也是天下第一陶塑師傅？」

「美夢小鎮只有我不是天下第一。」燕行空不知是在嘲笑自己，還是在譏諷別人。

莫奈何在作坊內繞了一轉，只見四壁木架上放置著許多稀奇古怪的彩陶塑像，不是人面獸身，就是狗頭虎尾，俱皆相貌醜惡，面目可憎。

莫奈何一看一皺眉：「你怎麼盡塑些妖魔鬼怪？」

燕行空仍舊愛理不理：「這些都是神。」

莫奈何嚷嚷：「神？怎麼我一尊都不認識？」

此時儒、釋、道三教並立，其他的都被視爲邪魔歪道。莫奈何受到師父的薰陶，一向以貶斥異教爲己任，登時怒罵出聲：「你根本胡言亂語，褻瀆神明！」

燕行空把已經上好釉的刑天粗胚放在架子上，莫奈何不屑的伸手把神像撥倒。「嘖！這個連頭都沒有，算是什麼神？」

猛然間，燕行空的神情變得猙獰可怖，怒瞪著他。

莫奈何被他那殺氣騰騰的眼神一瞪，頓即從心底打了個寒噤，縮手後退：「這麼兇幹嘛？」

「你懂得什麼神明？」燕行空的輕蔑寫明在臉上。「根本是井底之蛙！」

莫奈何還想再爭，卻聽外面傳來一陣奇怪的雷鳴之聲。

「發天雷了，劈死你！」莫奈何威嚇著說。

燕行空冷冷一笑：「你還是先給你自己算個命，看你能不能活得過今天。」

莫奈何忙跑到門邊，向外張望，哪裡是天上打雷，卻是喪門神來了！

殺戮戰場

幾十匹快馬馳入小鎮，馬上騎士個個魁梧粗壯，神情驃悍。

領頭的破城虎濃眉虎目，鬚髮如戟，可怕的是他那眼神，恍若隨時都在瞪視一具具開膛剖肚的人體；而在內行人眼中，更可怕的是他背上斜揹著的那柄大砍刀，刀未出鞘，殺氣已透！

葫蘆裡的櫻桃妖被那刀氣一割，登時醒了過來，嚇得大叫：「那是什麼人啊？」

「破城虎來了！」

「你離他遠一點！他那把刀太兇了，我受不了！」

莫奈何雖然十分不喜歡那燕行空，也不得不賴在作坊內不走。

破城虎等流寇放緩駿馬的步伐，列隊在街上巡行。

大街上的鎮民們全都佇足張望，神情茫然，渾然不知大禍臨頭。

馬蹄答答，迴盪在大街上，亦迴響在每個人的心上。

破城虎打量著每間店鋪、每棟住宅、每個美女，盤算著這裡究竟有多少油水。

忽然，駿馬停住了腳步，流寇們的臉上都泛起訝異的神情。

大街中央，挺立著一名劍客，正是項宗羽。

黑牛等那幾個在渡船頭遭遇過的，一看見他，腰腿都軟了，差點從馬上跌下來，但轉念一想，自己這邊的人這麼多，膽氣又壯了。

項宗羽冷峻的眼神掃過眾流寇：「我只針對破城虎一人，沒你們的事。你們趁早離開，改過向善，否則今日殺無赦！」

破城虎狂笑：「項宗羽，你眞是不見棺材不掉淚！」手一揮，率領群盜縱馬衝殺過來。

項宗羽彎身撿起放在腳邊的兩條繩子，一扯。

早就設在左右兩側屋頂上的連環弩，一連射出二十支弩箭。

破城虎差點被射中，手腳機靈的滾落下馬，但他身後的流寇則紛紛中箭，水餃下鍋似的摔了一地。

項宗羽後退幾步，又撿起兩根繩子，一拉。

兩側的大樹上又射出二十支弩箭，又將流寇射死不少。

莫奈何暗道：「原來他剛才說要去做準備，就是做了這些機關。」

破城虎翻身站起，抽出背上的大砍刀，一道金芒閃起，幾乎讓人睜不開眼。

葫蘆裡的櫻桃妖又嚷嚷：「離他遠點！太可怕了！」

莫奈何雖不懂刀劍，但見那刀的威勢也知必是神兵利器，乾脆把葫蘆抱在懷裡，免得櫻桃妖受到傷害，一邊尋思：「項大俠的湛盧劍能否敵得過那把刀？」

破城虎揮刀衝向項宗羽，金刀頂著陽光，恍如孔雀開屏，灑出漫天刺眼的芒燄。

項宗羽挺劍相迎：「『項家莊』被屠之仇，今生必報！」黑劍湛盧孤峰突起，硬將滿天金光都壓了下去。

莫奈何心忖：「原來項大俠跟他還有這一段過節。」

萬里追兇

江東「項家莊」是個樸實的小村莊，據說他們都是「西楚霸王」項羽的後代，每個村民皆自幼習武。

項宗羽本名項財旺，因爲天賦絕佳，得到項氏宗族的一致推崇，賜名爲「宗羽」，少年時就被送到三大劍派之一的「雁蕩山」去習劍。

劍爲百兵之王，沒有十年功夫難有大成，項宗羽卻只花了五年半就成爲「雁蕩派」的首席劍士。

掌門「逍遙子」有意栽培，把自己的愛女嫁給了他。

項宗羽二十二歲時就仗劍行走江湖，大小一百二十九戰未逢敵手，與「王屋派」的「劍神」呂宗布、「青城派」的「劍怪」程宗咬，並稱武林三大劍客。

兩年前，「中原五兇」——鬧天鷹、破城虎、裂地熊、翻山豹、出林狼，結隊橫行天下，所過之處皆為廢墟。

他們於某個冬日午後突入項家莊，見物就搶、見人就殺。

當項宗羽得訊趕回時，項家莊全莊上下五百多口，十不存一。

他的妻子甚至被先姦後殺，死狀慘不忍睹。

一個躲在暗處的小孩目擊全程，說那兇手的左上臂有著龍紋刺青。

從那天起，項宗羽就展開天涯海角的追逐。

追殺這五個惡賊，成為他今生唯一的職志！

不知死活的鎮民

美夢小鎮的大街上，金光、黑芒在整個空間裡縱橫來去，捲起陣陣飆風，項宗羽、破城虎兩人的身形都已隱沒在一團混沌的氣流當中，分不清誰是誰？

還活著的流寇們都下了馬，並不在意死去的同伴，嘻笑觀戰。

店鋪、住家裡的居民聞聲而出，完全不知畏懼爲何物，呆呆的望著街上所發生的一切。

饞嘴的黑牛踢開一具跪著死去的同伴屍體，走到芝麻李攤前：「嗯，挺香的，多少錢一個？」

芝麻李笑容可掬的遞上一個燒餅：「歡迎光臨美夢小鎮，免費請您嘗嘗。」

黑牛瞪眼道：「就只一個？沒看咱們這麼多人？」

芝麻李笑道：「想吃儘管拿，要多少有多少。」

幾名流寇圍了過來，芝麻李手腳俐落的款待他們。

另一名流寇看見街邊有一老婦人的手腕上戴著一隻貴重的玉鐲，便走了過去，抓起她的手想要褪下玉鐲。

老婦笑嘻嘻的道：「喜歡嗎？」竟然主動取下玉鐲，送給了他。

弄得那流寇有些傻眼。

另一名流寇走向一家綢緞莊，老闆正站在門前看熱鬧：「客倌，歡迎，要什麼儘管拿！」

流寇把一整排最貴重的綢緞都搬了出來，丟在街上，同伴們紛紛上前觀看，老闆還笑嘻嘻的指點他們應該怎樣挑選。

陶塑作坊內的燕行空目睹這一切，絕無表情的臉上露出一抹冷笑，又坐在臨街的工作臺前，塑起另一尊刑天神像。

莫奈何皺眉道：「你們眞奇怪，難道不曉得大禍已經臨頭了嗎？」

燕行空但只埋首於工作：「你剛才沒聽賣燒餅的芝麻李說？美夢小鎮從來不會碰到禍事。」

「你們眞是……」莫奈何莫可奈何。「唉，沒見過你們這麼愚蠢的人。」

大街上，破城虎的刀雖鋒利，但項宗羽號稱「劍王之王」，劍術造詣已臻化境，神鬼莫測，不出百招，破城虎就已露出敗相。

黑牛吃下第十三個燒餅，抹了抹嘴，喝道：「大伙兒，開工啦！」

黑牛與流寇們一起取出兵器，圍殺而上。

正所謂「雙拳難敵眾手，好漢不敵人多」，這下子局勢逆轉，項宗羽節節敗退，只得虛晃一招，向小河邊逃去。

破城虎等人追殺不休。

鎮民們望著滿地流寇屍體：「美夢小鎮好久沒死人了。」紛紛搖頭走離。

聽話的小姑娘

項宗羽來到河邊，跳入河中遁走。

河邊的婦女們只不感興趣的望了一眼，便又繼續慢條斯理的洗濯衣物。

黑牛兀自喳呼：「追！」

破城虎沒好氣的一腳把一個洗衣婦女踢入河中：「追什麼追？誰會泅水？」

流寇們互相聳了聳肩。

黑牛看見洗衣婦人當中有個小姑娘長得十分秀麗，便一把將她拉起：「咱們去爽爽！」

小姑娘既不驚慌，也不恐懼，只睜著一雙大眼睛，怔怔的望著黑牛，嘴裡問著：「娘？」

小姑娘的母親居然連頭都不抬，只顧洗衣：「沒關係，去吧去吧。」

小姑娘居然就順從的跟著黑牛走了。

黑牛一邊回頭大笑：「老大，我等會兒再來找你們。」

流寇們都羨慕的望著他。

破城虎拔腿就往大街走：「別眼紅，鎮上的美女還多得是。」

洗衣的婦女們唱歌似的一起應和：「多得是！多得是！」

剛才被踢入水中的婦人爬上岸來，若無其事的繼續洗衣。

流寇們回返大街，破城虎走到芝麻李的燒餅攤前，抓起一個燒餅就吃：「你們的鎮長在哪裡？叫他出來見我！」

芝麻李笑嘻嘻的說：「我就是鎮長！」

破城虎差點噎著：「咱們今天要住在這兒，你們鎮上最好的房子是哪一棟？」

芝麻李起勁的扳起手指介紹：「美夢小鎮的房子都很好，你們是要面山的，還是臨河的，還是喜歡大街邊的……」

流寇們面面相覷，顯然是第一次遇見這種情形。

長街盡頭的翁宅大門突然打開，翁大善人由僕從們簇擁著走出，朝著流寇們一揖到地，朗聲道：「各位若不嫌簡陋，敝宅願供各位居住。」

破城虎與流寇們都滿意的笑了起來，大搖大擺的走了進去。

「這個翁大善人是怎麼啦？善事做到強盜的頭上去了？」莫奈何搔頭不迭，但下一刻，猛然想起梅如是父女也都住在裡面，當即大叫一聲：「唉呀！梅姑娘要糟了！」急匆匆的拿起放在門邊的招幌，衝了出去。

佳人有難，妖怪吃醋

莫奈何奔入一條小巷，放下招幌，取下背上的大葫蘆，拔掉塞子，向內猛喊：「洪櫻桃，快給我滾出來！」

葫蘆嘴冒出一股紅煙，櫻桃妖的六寸眞身伸著懶腰出來了：「小莫公子，急什麼呢？」

「急著打強盜！」

櫻桃妖又打個呵欠：「這可不干我的事。」化回一縷紅煙，想往葫蘆裡鑽。

莫奈何亂揮雙手，把紅煙攪散。

櫻桃妖進不了葫蘆，只好耍賴的跳到牆頭上，坐著不動。

莫奈何急得打躬作揖：「拜託拜託，人命關天！」

櫻桃妖哼道：「人命關天？妖命就不重要啦？」

「這次算我求求妳，行不行？姑奶奶！」

「你已經求我好幾次了，都是爲了那個姓梅的悶騷貨！」櫻桃妖的醋勁不打一處來。

「嘖，簡直被她迷昏頭了！」

莫奈何陪笑：「什麼事情都逃不過妳的法眼。」

「哼！」

「我剛才幫妳擋住刀氣，這麼照顧妳，妳總該回報我一下吧？」

「你既然知道我怕那破城虎的寶刀，爲什麼還要我去打他？」

「妳……總有別的辦法，要不然妳當這個妖怪有什麼用處呢？」

「哼！」

櫻桃妖生了一回悶氣，跳下牆頭，往前就走。

莫奈何急道：「妳要去哪裡？」

櫻桃妖白了他一眼：「我在葫蘆裡悶了好幾天，總該找點東西吃吧？」

我們要美女

流寇們鬧鬨鬨的進入梅大善人的豪宅大廳，七歪八倒的坐下：「好漂亮的房子！」

破城虎嚷嚷：「喂，老子餓了，好酒好菜只管拿來！」

流寇們也嚷嚷：「鎮上的漂亮姑娘統統都叫過來！」

翁大善人笑咪咪的點頭不迭：「好好好！」

酒菜川流不息的端了上來，擺滿了桌面。

破城虎與流寇們大口大口的吃喝著。

破城虎忽然想起：「咦，黑牛怎麼還不過來？」

流寇們唉道：「他有了那個姑娘，哪還記得咱們？」

破城虎邪笑著放下酒杯：「吃飽了，喝足了，也該咱們爽一下了！」

流寇們一起拍桌起鬨：「老大說得對極了！」

破城虎望向翁大善人：「喂，剛才不是叫你把鎮上的漂亮姑娘統統都叫來嗎？」

翁大善人笑容誠懇的想了想：「說起本鎮的美女嘛，就只有一個……」

被出賣的美女

梅琴鶴惶急的在房中踱步：「翁兄碰上了那群盜匪，恐怕凶多吉少……」

梅如是照顧著病榻上的顧寒袖，亦掩不住心中驚惶。

忽然，屋門推開，破城虎與流寇們湧了進來。

破城虎一眼看見梅如是，眼睛都直了：「哇！果然是天下第一大美女！」上前一把抓住她肩膀：「陪老子喝酒去！」

梅如是手一撥，竟將他的手撥開。

破城虎沒料到一個弱女子的手勁竟如此之強，當場楞了個結實。

原來梅如是打從十三歲就進入鑄劍坊學習鑄劍，練出了兩膀子好力氣，手掌也長滿了老繭，自非尋常女子可比。

「嘿嘿，我就喜歡這種強悍的，正好可以當壓寨夫人！」破城虎又一掌抓住她，這回可用足了力氣，梅如是再也掙脫不開，硬生生的被他拖往房外。

顧寒袖在病床上奮力掙扎，卻起不了身，只能嘶吼著：「放開她！」

梅琴鶴更跪倒在破城虎面前：「好漢請開恩！」

破城虎笑道：「老子看上你的女兒，就是開恩！」一腳把他踢倒，拉著梅如是走出房外。

顧寒袖既驚又怒，一口氣上不來，暈厥了過去。

櫻桃妖的指令

夕陽將落。

櫻桃妖坐在大樹根上，把蔓藤植物當成粉絲一樣的吸入嘴裡細嚼慢嚥。

莫奈何耐著性子問道：「妳怎麼不吃蟲？」

「我今天吃素。」櫻桃妖低頭瞄了瞄自己的肚皮，喃喃自語：「該減肥了。」

莫奈何心中著急，抬頭望著天色。

太陽完全落下去了。

莫奈何想催促，又不敢：「姑奶奶……」

櫻桃妖白了他一眼，吸入最後一條「粉絲」，才站起身來，仰面向天，口唸咒語：

「@#*%△……天靈靈，地靈靈，天上飛的、地下爬的、水裡游的，統統聽從我的召喚，#%@△*……」

只聞草叢簌簌抖動，許多毒蛇、蜈蚣、蠍子聚集過來；樹葉沙沙連聲，許多蝙蝠、貓頭鷹飛臨頭頂；水塘噗噗作響，跳出了許多色澤鮮豔的毒蛙；最後雜木震動，一群惡狼出現在眼前。

櫻桃妖發出命令：「到翁大善人的家裡集合！」

動物們乖乖的分頭離去。

詭祕的燕行空

最後一抹陽光從大街上隱去。

許多鎮民仍在街上遛達，他們的面容依然平靜，什麼事情都沒發生過一樣。

陶塑作坊內一片漆黑。

燕行空點起一盞油燈，把一尊刑天神像的陶塑放在臨街的窗臺上，然後走到木架前，取下另一尊刑天神像，走往屋側。

油燈搖晃不定，時明時暗，顯得異常詭祕恐怖。

他把神像放在屋側的窗臺上，又走到屋子中央，抬頭打量天花板，竟見屋樑上也懸著幾尊獸模獸樣的神像。

燈光由下照著燕行空，使他像個猙獰的妖魔，莫非他正在施什麼邪教的魔法？

血染大廳

梅如是被破城虎拖入大廳，按在椅子上，再把酒杯推到她面前：「喝！」

梅如是直勾勾的瞪視他，眼中似要噴火。

翁大善人在旁笑咪咪的說：「梅姑娘，人家敬妳酒呢。」

梅如是把酒杯拂下桌面，摔得粉碎：「你這道貌岸然的僞君子！」

翁大善人笑得更開心：「姑娘誇獎了。」

破城虎喝道：「再拿酒來！」

一名戴著小帽、低垂著頭的僕從扛來一罈酒，刻意不引起旁人注意，仔細看，才發現他竟是「劍王之王」項宗羽所假扮的。

翁大善人恭敬作揖：「諸位大爺，梅姑娘剛來本小鎮不久，不懂禮數，大家可別見怪。」

破城虎笑道：「她雖不是美夢小鎮的人？可比誰都像個美夢！」

「她的表哥進京趕考，沒考中，回家路上又病了，臥倒在敝宅門口。」翁大善人依舊一副慈祥嘴臉。「我好心收留他，又捎信給他的姨父，所以他們父女就趕來照顧他，才剛來一天……」

梅如是切齒道：「你從開始就沒安著好心！」

翁大善人笑道：「梅姑娘怎麼這麼說呢？我根本……」

話沒說完，就見梅琴鶴奔了進來。

一名流寇拔出刀，在他面前搖晃，威嚇著：「老頭兒，別不識相，滾出去！」

梅琴鶴閃過流寇，跪在破城虎面前：「大爺，請你高抬貴手……」

破城虎怒斥：「你眞煩！」一腳把他踢飛，卻正好撞在流寇的刀尖上，頓時斃命。

梅如是絕叫一聲：「爹！」撲倒在父親的屍身上痛哭。

破城虎根本不當回事兒的聳了聳肩膀，舉杯喝酒。

站在破城虎背後的項宗羽氣憤難當，正要拔劍……

突然之間，黑牛直板板的走進大廳，但見他眼神空洞，臉色一片灰敗。

流寇們笑道：「黑牛，爽完啦？」

黑牛又向前走了幾步，忽然臉朝下的撲倒在地，他背後不知被什麼東西挖出了一個大血洞，連心臟都不見了。

破城虎與流寇們全都驚駭萬分。

坐轎子的方法

莫奈何在小巷中疾行，櫻桃妖坐在他的肩膀上。

開始有點起風，似乎是大雨來臨的徵兆。

莫奈何剛轉上大街，街上一名中年人正招手呼喚著：「轎夫！」

兩名年輕人即刻提著一根光禿禿的木棍跑到他面前。

莫奈何皺眉嘀咕：「那算什麼轎子啊？」

卻見中年人把上衣高高撩起，露出了胸前的一個大洞；年輕人用木棍穿過這個洞，就將中年人扛了起來，往前走。

莫奈何和肩上的櫻桃妖都驚呆了：「這……這是怎麼回事？」

莫奈何想躲入小巷，日間被強盜搶去玉鐲的胖婦已笑嘻嘻的站在他們背後。

莫奈何發著抖問道：「大嬸，他……他們……」

胖婦的臉色驀然變得死青慘紅，嘴一張，露出了滿口獠牙，原來她是一具沒有靈魂的「行屍」！

莫奈何、櫻桃妖同聲驚叫：「鬼呀！」又轉身跑上大街。

在大街上遛達的居民已聞聲圍了過來，他們的臉全都變了，變成一群青面獠牙的行屍。

櫻桃妖又拉直嗓門尖嚷：「都是鬼呀！」

「別嚷嚷了，妳也是鬼呀！」

「我不是鬼，是妖！」櫻桃妖懊惱不已。「難怪我一直覺得不對，打從進鎮就嗅不著人氣，沒想到他們竟是這種怪東西，非神、非鬼、非人亦非妖！」

「快把他們打走啊！」

「我……我也不知道該怎樣對付他們！」櫻桃妖竟哭了出來。

「妳快變成那個兇惡的大娘！」

「我才不要，我這樣小小的，他們看不見，變大了他們更會攻擊我！」

原來妖怪的膽子比人還小！

莫奈何莫可奈何，只好扛著櫻桃妖在街上飛跑，一群行屍緊追在後。

行屍們雖沒有心，行動卻不遲鈍笨拙，數量又多，令莫奈何招架乏力，狼狽不堪。

各種東西的混戰

破城虎俯身觀察完黑牛的傷口，臉色沉重。

流寇們七嘴八舌的發問：「老大，他怎麼死的？」

破城虎抽出放在桌旁的大砍刀，惡狠狠的直指翁大善人：「看不出你家裡還養著鷹爪高手？」

翁大善人連連擺手：「大爺，你誤會了……」

「還想賴！」一名流寇揮刀砍向翁大善人。

劍光一閃，那流寇卻倒了下去。

假扮成僕從的項宗羽出手了。

破城虎怒道：「原來又是你？」拔刀砍向項宗羽。

金刀黑劍又惡戰開來。

破城虎邊自高聲提醒：「項宗羽沒有鷹爪的本領，他一定還有幫手，大家留意著！」

流寇們便都戒備的望著四周。有幾人聽見前院傳來聲響，畏畏縮縮的走到大廳外張望。

但聽得池塘裡發出微微響動。

一名喚作「小冬」的流寇壯著膽子走到池塘邊，發現一隻豔紅色的水蛙蹲在荷葉上看著他。

「蛙蛙真漂亮！」小冬還有點閒情逸致。

噗噗幾聲，又幾隻花蛙跳上荷葉，然後又是幾隻金蛙、又是幾隻藍蛙……轉眼間，整個池塘水面都布滿了五顏六色的水蛙。

小冬有點懼怕，腳步緩緩後移：「蛙蛙乖哦……」

彩蛙們一起張口，射出毒液，幾百道毒液一起射中小冬面門。

小冬摀臉慘叫著跌倒，臉早已被毒爛了。

其餘流寇正想退入大廳，幾十隻貓頭鷹已飛了過來，啄瞎了其中兩人的眼睛。

廳內的流寇聽見外面慘叫連連，嚇得不敢出去。

成千上萬隻蝙蝠飛入廳中，見人就咬，流寇們退往大廳後方，無數毒蛇卻從後面的門下鑽了進來。

流寇們驚叫奔竄。

梅如是眼見大廳中蟲蛇亂鑽，只得離開父親屍體，想要尋找脫逃之路，一轉身，正見翁大善人笑嘻嘻的站在背後。

梅如是怒斥：「翁大善人，你人面獸心！」

翁大善人笑嘻嘻的說：「姑娘錯了，我根本沒有心。」

翁大善人扯去上衣，露出了胸前的大洞。

梅如是嚇得大叫。

翁家的僕從們也全都變成了行屍。

流寇們也嚇得大叫。

破城虎嚷嚷：「今天是什麼日子呀？」差點被項宗羽一劍刺中，連忙專心應敵。

梅如是想要逃走，被翁大善人一把抓住，將嘴湊近她脖子。

窗戶撞破，幾隻狼撲了進來，把翁大善人撲倒在地，梅如是乘機躲入角落。

大廳內亂成一團，破城虎專注於對付項宗羽；流寇則被僕從變成的行屍重重包圍，還要應付毒蛇、狼群、蝙蝠、毒蛙等東西的襲擊，眞是狼狽不堪。

還好動物也會攻擊行屍，行屍也會抓動物來吃，使得流寇的壓力減輕許多，但仍然死傷慘重。

塑像的威力

莫奈何被行屍逼得走投無路，背靠在一間房屋之前，行屍圍成半圓，節節進逼，領頭的就是豬王左富貴。

莫奈何求饒道：「左大爺，你不回去醫豬瘟也就罷了，怎麼在這裡吃人呢？我是括蒼山下莫家村的莫奈何啊，從小你都叫我『摸奶何』，難道你忘了嗎？」

櫻桃妖啐道：「這種小名也好拿出來講？可見你從小就不正經！」

此時的左富貴才不管他摸什麼東西，率領著行屍層層圍裹，眼見就要把他撕成碎片。

忽然一隻手從後面伸過來，把莫奈何拖入房中。

莫奈何兀自亂嚷，卻才發現拖他進來的人是燕行空。

莫奈何發抖道：「你不是？……你也是？……」

燕行空拍拍胸膛：「我的心還在。」

莫奈何剛鬆過一口氣，幾名青臉行屍已撲了過來，燕行空抓起窗臺上的刑天神像，在他們面前一晃。

行屍們竟似頗為懼怕，怒吼著後退。

原來，陶塑作坊前後的窗臺上都放置著刑天神像，使得行屍們不敢入侵。

莫奈何不禁對那塑像肅然起敬：「原來他眞的是一尊神？」

櫻桃妖卻露出十分害怕的神情：「刑……刑天！」

莫奈何訝道：「啊？妳也認識這神祇？」

櫻桃妖打著寒噤：「沒有妖怪不知道刑天的！」

「我怎麼都沒聽說過？」

「哼，孤陋寡聞！」

莫奈何尷尬的呆立當場。

燕行空冷冷一笑。

掐死你這個大善人！

大廳中，流寇接二連三的倒下。

翁大善人與僕從開始向拚鬥中的破城虎、項宗羽進攻，使得他倆不得不停止互鬥，轉而對付行屍與動物。

項宗羽一劍刺中翁大善人的肚子，但卻毫無影響，還差點被翁大善人抓住。

破城虎的大砍刀比較管用，砍下了好幾個行屍的頭顱。

破城虎怪笑：「小子，學著點！」

行屍、動物愈攻愈急，項宗羽、破城虎兩人左支右絀，到了最後竟變成了背靠背。

破城虎又怪笑：「喂，小子，別在背後戳我一劍！」

「呸！」

兩人同時出手，殺死了幾個行屍之後，破城虎突然一刀砍向項宗羽後背。

幸虧項宗羽反應神速，險險躲過這一刀，怒罵：「卑鄙小人！」反手一劍刺了過去。

兩人又打成一團。

這時，翁大善人發現躲在角落裡的梅如是，便撲了過去。

梅如是已經看慣了行屍，畏懼之心大減，正所謂仇人見面分外眼紅，不但不後退，反而挺身直前，叉開慣於執拿鑄劍鐵鎚的雙手，掐住了翁大善人的脖子。

但行屍沒有呼吸，根本不怕這一著，翁大善人笑道：「好癢！」張開血嘴就來啃梅如是的臉。

「你再死一次吧！」梅如是早已設置好了下一著，雙掌一錯，一個絞扭，竟然硬生生的把翁大善人的頭扭掉了！

但就這麼個空檔，又幾名行屍撲上了梅如是的身子。

「梅姑娘！」項宗羽趕過去救援，一連幾劍削掉了行屍的頭顱。

「快走！」

大廳的門窗出口都已被各種東西擋住。項宗羽從地上撿起一根死去流寇所用的鐵耙，猛力向上一拋，把屋頂打了個大洞。

項宗羽把梅如是揹在背上，飛身而起，穿洞而出。

行屍沒了對象，都朝著破城虎湧來。

「嘖，為什麼都來找我？」

破城虎貫注所有的力氣於右臂，開聲大吼：「獨霸天下！」

寶刀猛劈，一股凌厲的刀氣從刀尖透出，當者披靡，所有被刀氣掃到的行屍、動物，全都身首異處。

刀氣繼續鼓盪向前，轟然大震聲中，磚碎石毀，整座大廳竟被刀氣劈成了兩半。

破城虎從破洞中逃了出去。

一夜圍城

行屍們團團圍住陶塑作坊，不斷尋縫覓隙，想要發動攻擊。

莫奈何敬畏的望著燕行空：「你每天到了晚上都要忍受這些？」

燕行空道：「我不犯人，人不犯我，從來沒有這麼多人想要衝進來！」

一個行屍避開了屋側窗臺上的神像，從縫隙中探入腦袋。

燕行空吩咐：「你去那邊守著！」

莫奈何忙從架子上取下一尊神像，衝往屋側，用神像猛敲行屍的腦袋，瞬間應聲碎裂，噴出灰色的汁液。

「眞噁心！」櫻桃妖尖嚷欲嘔。

「妳還嫌人家噁心？眞不簡單！」

屋頂上落下灰屑，一名行屍突破屋頂，倒掛而下，雙手扼住莫奈何的脖子。

莫奈何神像脫手，眼見就要斃命。

情急的六寸櫻桃妖跳到窗臺上，伸雙手去推一座刑天神像，哪知才一碰到塑像，自己就被震飛了出去，但那神像還是轉了個方向，發出一道金光，將扼住莫奈何的行屍擊得粉碎。

莫奈何奮力爬起，繼續抵禦行屍，一邊大叫：「櫻桃，妳還好吧？櫻桃……」叫了幾聲，沒有回應，不由著急回望。

櫻桃妖搓著被神像震得發麻的雙手，氣呼呼的坐在一張桌子上。

莫奈何鬆了一口氣：「混蛋！怎麼都不回答？」

櫻桃妖噘起小嘴：「哼，你敢罵我？」

因見莫奈何擔心自己而暗自竊喜的櫻桃妖，閃亮起笑容，又跳到了莫奈何的肩膀上：

「我喜歡你叫我櫻桃，嘻嘻！」

燕行空的真面目

項宗羽牽著梅如是跑上大街，又陷入了鎮上行屍的重重包圍。翁大善人的僕從們也從後面追了過來。

莫奈何見狀高叫：「來這邊！這邊都是人！」

破城虎也掄刀殺了過來。

項宗羽扶著梅如是奔向陶塑作坊，急奔之中，梅如是力乏跌倒。

項宗羽回身想拉起她，十幾個行屍已包圍上來，項宗羽忙於抵擋，梅如是已被其他行屍拖走。

幾個行屍圍住梅如是，正想吃掉她，卻忽然都被一雙巨手扭掉了腦袋。

是燕行空！

燕行空拉起梅如是：「姑娘快走！」

冷不防，一個行屍從後面撲來，狠狠一口咬下，燕行空的頭顱竟被活生生的咬掉了。

陶塑作坊裡的莫奈何、櫻桃妖驚叫出聲。

但燕行空的身體不但沒有倒下，仍拖著梅如是往回奔。

眾人都看呆了。

燕行空拉著梅如是回到店裡，手一鬆，梅如是嚇得直往後躲，項宗羽、破城虎也逃了進來。

大家都瞪著沒有頭的燕行空，驚懼的步步後退：「他更可怕，他沒有頭！」

這個沒有頭的人，把一座架子搬開，後面還有一座木架，上面放著好幾個陶製的燕行空的頭顱，全都塑得栩栩如生。

燕行空取下一個陶製頭顱戴上，回身對著大家：「別怕，我不害人。」

櫻桃妖尖叫：「刑天！他就是刑天！」

燕行空冷冷道：「我不是刑天，我是刑天第三百零三代的子孫——刑空。」

項宗羽、梅如是終於定下神來。如果換在平常，他們看見燕行空、櫻桃妖這等怪誕可怕的東西，當然會極爲驚駭，但經過了行屍的洗禮之後，現在不管看見什麼都不會大驚小怪了。

項宗羽暗忖：「難怪小道長滿嘴說什麼妖怪，居然全都是眞的！」

燕行空從木架上取下刑天當年所用的金斧、銀盾，站到店門口。

行屍們看見金斧、銀盾，都害怕的後退。

破城虎不解的問著：「刑天到底是什麼東西？」

莫奈何哂道：「哼，孤陋寡聞！」

櫻桃妖好笑的睨了莫奈何一眼。

燕行空一邊監視著外面的行屍，一邊緩緩說道：「一萬年前，刑天受到妖魔首領魔尸的慫恿，與天帝爭勝，被天帝砍掉了頭顱；後來刑天發現自己被魔尸欺騙，一怒之下與天帝聯手收伏了所有的妖怪，封印在天帝的都邑崑崙之丘的山洞裡……」

項宗羽指著櫻桃妖，問道：「那爲什麼還有一些留在外面？」

「她是後來才長成的。如今的世界，就只有這種不成氣候的小妖怪了。」

莫奈何偏頭瞟了肩上的櫻桃妖一眼，偷笑；櫻桃妖先朝燕行空做個鬼臉，又擰了莫奈何的耳朵一下。

街上的行屍忽然臉帶畏懼之色的向兩旁分開。

賣燒餅的芝麻李大搖大擺的走了出來：「難得這麼多英雄豪傑、才子美女光臨本小鎮，若有招待不周之處，萬祈見諒！」

天下第一處男

燕行空面帶不屑：「別說場面話，這裡沒有你要的人。」

芝麻李笑道：「是嗎？」一揮手，幾名行屍押著病懨懨的顧寒袖從人群中走出。

「表哥！」梅如是想衝出去，被項宗羽擋住。

芝麻李朗聲道：「項宗羽，你是劍客之最；破城虎，你是盜賊之首；梅如是，妳是無雙美女；這顧寒袖嘛，可是天下第一才子與名士，只不過今年運氣不好，竟沒考中！」

櫻桃妖望著莫奈何，心忖：「這裡還有一個天下第一處男呢！」口裡卻故意損他道：「人家都是天下第一，你是什麼？」

莫奈何不以為意，傻笑連連。

項宗羽怪問：「他怎麼這麼清楚我們的來歷？」

燕行空道：「他是魔尸的代表。」

眾人不解其意。

原來這芝麻李就是當年被陸吾的老虎尾巴捲出來的「奶油桂花手」浣熊妖，怪不得那雙手掌做起燒餅來靈活得不得了。

芝麻李笑著說：「燕行空，你想他們之中，會沒有我要的人嗎？」

燕行空臉色凝重。

芝麻李高聲道：「剛才提到的幾個人聽著，我不強迫你們，完全看你們自己的選擇！」

坊內眾人面面相覷。

破城虎道：「他什麼意思？」

燕行空冷冷的掃視眾人：「他在收集第一萬條靈魂！」

誰要當第一萬個？

「當年魔尸被關入洞中之前，與天帝下了個賭注：如果往後每一年都有一個最傑出的人願意把自己的靈魂送給惡魔，一萬年後，有一萬個人類的靈魂願意歸屬於惡魔，他們就能解除封印，走出山洞，回返人世！」

眾人暗道：「天帝的賭注未免有些荒謬！」

「今年，是魔尸被封印的第一萬年。」燕行空嘆了口大氣。「人類真的很不爭氣，每年都有傑出人士內心仍不滿足，還要把靈魂送給妖魔。」

梅如是驚道：「所以這裡的人統統都是送掉了靈魂的？」

燕行空道：「美夢小鎮有一萬個居民，扣掉我，是九千九百九十九……」

項宗羽道：「只差一條靈魂，所有的妖魔都要被解除封印了？」

燕行空沉重的點了點頭。

櫻桃妖有點幸災樂禍：「那人類豈不是要滅亡了？」

破城虎忽然大步行到店門口：「我願意把靈魂交給惡魔！」

坊內眾人大驚。

項宗羽一劍刺向他：「我先殺了你！」

兩人又打了起來。

芝麻李笑道：「破城虎，對不住，武不如文，你先等我一下。」望向癱瘓在地下的顧寒袖。「顧寒袖，你才是我心中首選，你怎麼說？」

顧寒袖怒斥：「你做夢！」

芝麻李沉聲道：「你要搞清楚，你的病已經無藥可救了。」

顧寒袖低頭黯然，原來他早已清楚自己的病情。

梅如是在坊內大叫：「表哥，別聽他的鬼話！大夫說可以醫好的！」

顧寒袖苦笑著望了梅如是一眼，顯然覺得那大夫說的才是鬼話。

芝麻李的語聲如同奪魂鈴，聲聲催逼：「難道你不想長命百歲？難道你不想替未來的岳父報仇？難道你不想高中狀元？難道你想庸庸碌碌的度過這一輩子？」

芝麻李一句比一句更嚴厲，顧寒袖額上冷汗涔涔而下。

「今年已是最後一年，你只要忍耐幾個月，等魔尸統治世界之後，你就可以爲所欲爲了！」

周圍的鎭民們齊聲歡呼：「魔尸出世！魔尸出世！」

顧寒袖煎熬的沉思著，終於下定決心，抬起頭來：「我願意。」

緊接著天上就劈下一道閃電！

梅如是大叫：「表哥，不要！」

破城虎停止和項宗羽的打鬥，大罵：「他奶奶的，怎麼可以這樣？」

卻見芝麻李一伸手就把顧寒袖的胸膛挖了個大洞，將心臟拔了出來！

梅如是驚悸異常，痛哭倒地。

芝麻李又從懷中取出一個彩罐，拔開塞子，顧寒袖的心臟立刻就變成了一股銀煙，鑽入彩罐之中。

芝麻李收起彩罐，臉上露出狂喜之色，並現出妖怪的本相。

電光再現，天上響起轟然霹靂，大雨傾盆直落。

已變得猙獰兇惡的芝麻李仰天高叫：「愚蠢沒用的人類，你們等著吧！」轉身就走，瞬間不知去向。

鎮民們沒了芝麻李，當即惶然無主，不再包圍陶塑作坊，沒目的在雨中徘徊。

大夏龍雀

燕行空沮喪的坐倒在店門口；梅如是仍在痛哭；破城虎憤憤難平，嘴裡嘀嘀咕咕的罵著粗話；項宗羽站在窗前，茫然望著外面大街。

大雨從屋簷傾洩而下，電光不時掃過天際。

莫奈何困擾的搔著腦袋，一下掐指而算，一下唸唸有辭；櫻桃妖坐在他肩膀上，靠著他的頭睡著了。

屋外，行屍仍在大雨中漫無目的的遊走。

梅如是停止哭泣，她望著工作臺上一柄雕塑用的小刀，然後再望向似乎靠著牆壁睡著了的破城虎。

梅如是悄悄起身，想要拿起小刀；破城虎忽然張開眼睛，猙獰的瞪著她。

項宗羽則在另一邊瞪著破城虎。

劍拔弩張的氣氛籠罩在作坊內。

莫奈何見勢不妙，忙道：「現在大家的共同敵人是那些行屍，咱們自己可別先內鬥！」一句話倒是緩和了不少對立的情緒。

莫奈何又搭訕著說：「虎大哥的那把刀端的是鋒銳異常，應該也是把寶刀吧？」破城虎瞪他一眼，根本懶得理他。

莫奈何乾笑道：「只得又要考梅姑娘一考了。」

梅如是心中恨意未消，但又不好拒絕他的請求，只得隨口道：「此刀名喚『大夏龍雀』，刀身上刻有銘文：『古之利器，吳楚湛盧，大夏龍雀，名冠神都。可以懷遠，可以柔逋，如風靡草，威服九區』。」

莫奈何驚道：「這刀竟與湛盧齊名？」

「龍雀大環百煉鋼刀爲當年的『大夏天王』赫連勃勃所督造，相傳此刀刃與中原刀匠所鑄不同，刃邊有暗形鋸齒，係刃內各種金屬自然凝合之奇異效果，因而切金斷玉有如切菜剖瓜，乃刀中至尊。刀身有天然珠簇花紋，視之可見，捫之無痕，日照月映，光華直貫牛斗。」

莫奈何對歷史一竅不通：「赫連勃勃又是什麼東西？」

「赫連勃勃乃匈奴人，生當晉朝五胡亂華之世，原本爲『後秦國』的驍騎將軍，鎮朔方，後來叛秦自立，僞託大夏之後，自號『大夏天王』，建『統萬城』——也就是一統萬國的意思——進據長安，僭稱皇帝，極盛時期的疆域南及秦嶺，東至蒲津，西收秦隴，北越黃河，建國共二十五年，後來被吐谷渾所滅。」

破城虎雖擁有這把刀，卻顯然不知它的來歷，聽得一楞一楞的，低頭緊盯大夏龍雀，手握得更緊了些。

「不知那是一柄寶貝吧？」項宗羽嘲笑。「你是怎麼弄到手的？」

「咳咳咳……」破城虎只有乾咳而已。

「還不就是幹了些殺人越貨的勾當！」梅如是恨恨的瞪著他。「我總有一天會殺了你！」

破城虎哈哈大笑，望向項宗羽、梅如是：「我會等著你，或妳！有本領就來吧！」

漆黑的屋內又陷入死一般的靜默。

莫奈何暗想：「人世間如此多的恩怨糾葛，有時候反不如那些無思無想的行屍來得輕鬆愜意呢！」

陽光燦爛的日子

窗外晨曦初現。

雨已停了，屋簷滴落小水珠。

莫奈何靠著牆壁熟睡，櫻桃妖在他肩膀上醒來，打了個呵欠，跳上燕行空的工作臺，向外望。

大街上躺著許多昨晚被殺死的行屍的屍體，除此之外，居然一切如常。

老頭兒提著鳥籠在街上遛達，胖婦戴著玉鐲和菜販討價還價，昨晚坐轎子的那個中年人在自家門口打著太極拳，年輕小伙子沿街哼著小調……

老頭兒見到街上躺著好多具沒頭的屍體，並不驚怪，就從他們身上跨了過去。

燕行空、櫻桃妖、莫奈何、項宗羽、破城虎等人陸續從陶塑作坊內走出，鎮民們都親切的望著他們微笑、招呼：「歡迎光臨美夢小鎮！」

梅如是最後一個出來，看見顧寒袖坐在對街的一棵大樹下讀書，急忙奔到他面前：「表哥！」

顧寒袖若無其事的抬起頭：「姑娘，歡迎光臨美夢小鎮！」

梅如是當場楞住。

燕行空嘆道：「他已經沒有心了，不會認識妳。」

梅如是忍不住痛哭：「不管他怎麼樣，我都會跟他在一起。」

莫奈何望著四周，打了個寒噤：「難道妳還想待在這兒？」

梅如是望向燕行空：「你要去追芝麻李？」

燕行空點點頭。

梅如是堅決的說：「表哥的靈魂在他手裡，我們跟你一起去。」

顧寒袖高興的笑著：「對對對，一起去！」繼而又茫然。「去哪裡？」

破城虎誰都不理，拔腿就往翁大善人的豪宅去走。

項宗羽身形一晃，攔在他面前：「現在行屍都不會做怪了，我們正好把舊帳一次算清！」

破城虎只剩下獨自一個人，若論單打獨鬥，他決非項宗羽的對手，便即諂笑道：「項大俠，何必呢……」

話沒說完，左手一揚，撒出一把砂子，右手已拔刀砍來。

項宗羽怒罵：「無恥！」湛盧劍嗆然出手。

不料破城虎只是耍個虛著，得了個空檔就往前跑，一邊撮唇打著胡哨。

翁宅的大門轟然倒下，流寇的馬群衝了出來。

破城虎跳上自己的馬，並領著其他的馬如飛而去。

項宗羽也跳上最後一匹馬的馬背，緊追在後。

梅如是大叫：「項大俠，別放過他！」

馬蹄揚起的灰塵，很快就飄散在美夢小鎮潔淨的空氣裡。

燕行空安慰著說：「梅姑娘放心，天下沒有人能躲得過『劍王之王』的追擊！」

出發拯救全人類啦！

樹林中多了個小土丘。

梅如是忍淚跪拜於土丘前，裡面葬的是她的父親。

莫奈何手舞足蹈、半生不熟的做著超渡儀式；顧寒袖卻坐在土丘後面看書。

燕行空趨前行了一禮：「梅老伯，安息吧。」說完，轉身就走，餘人忙跟在他後面；梅如是跑到父親墳後拉走顧寒袖。

莫奈何問著：「現在怎麼辦？」

燕行空不無嘲諷的盯著他：「你也想跟我們一起去？」

莫奈何挺起胸膛，慨然道：「天下興亡，匹夫有責；全人類的興亡，當然更不能袖手旁觀。」

櫻桃妖在肚內暗罵：「講得倒冠冕堂皇，不過就是捨不得離開那個姓梅的小妖精罷咧！」

「既如此，」燕行空道，「我們要搶在芝麻李之前，先趕到崑崙山。」

「天帝的都邑崑崙之丘就是崑崙山？」

「應該是。」

「啊？你也不確定？」

「我又不是一萬年前的人，很多事情都是聽來、看來的。」

「你不是神嗎？」

「刑天的子孫不是神，是介於人神之間的……」燕行空苦笑。「某一種東西。」

梅如是道：「崑崙山離這兒少說十萬里，芝麻李是妖怪，走得一定比我們快，我們得想辦法加快速度。」

莫奈何忙問櫻桃妖：「妖怪的腳程大概有多快？」

「日行五百，夜行三百。」

「人類頂多日行八十，怎麼追得上？」

燕行空道：「你們會不會騎馬？」

莫奈何、梅如是都猛搖頭：「我們又沒過過浪跡天涯的日子，怎會騎馬？」

櫻桃妖卻拍手大笑：「騎馬騎馬！騎馬好玩！」顧寒袖也跟著拍手：「好玩好玩！」

莫奈何皺眉道：「這位顧相公已經變成了美夢小鎮的人，把他帶出去接觸外面的世界，恐怕會惹出許多麻煩吧？」

櫻桃妖心下嘀咕：「渾頭小道士原來也會耍壞心眼，想把人家的表哥攆開呢！」

梅如是憤怒的瞪向莫奈何，莫奈何忙不迭裝出無辜的表情。

燕行空沉吟道：「帶著這位顧相公其實很有用……」

梅如是忙問：「爲什麼？」

「剛被摘掉心臟之人，在百日內仍保有人的溫情，若能在那彩罐前說服他不歸順魔尸，他的靈魂就會從彩罐裡飄回來，這樣就不足一萬之數，魔尸就輸了！」

「所以，第一要搶在芝麻李之前，第二要趕在百日之內？」

「沒錯。」

「但我們走得這麼慢，怎麼可能趕得到？」莫奈何傷著腦筋。

燕行空道：「現在唯一的辦法就是，我們要先趕去『奇肱國』。」

「什麼雞公國？」眾人不解。「去那兒幹什麼？」

「『奇』乃奇數之『奇』，因爲那個國家的人，都只有一隻手。」燕行空從懷中取出一本書，丟給莫奈何。「自己看吧。」

莫奈何低頭望去，只見那書的書名是：《山海經》。

天下第一奇書

《山海經》可算是有史以來第一奇書、怪書。

它的作者並非一人，許多內容來自於口頭傳說，成書的年代也無法考證，大約是在戰國初年至漢朝初年。

它記載了許多遠古時代的神話與各種怪獸、怪鳥、怪植物，又包括了巫術、宗教、歷史、地理、礦物、醫藥、各地風俗、各國風情與各民族的起源等等。

其中最完備的就是對於崑崙眾神的描述，可惜後世之人對於這些或者一無所知，或者視爲無稽之談。

奇肱飛車

莫奈何邊走邊看書，肩上的櫻桃妖也偏著頭看，邊自抗議：「喂喂喂，不要翻那麼快嘛！前一頁有圖畫，畫著好多古裡怪氣的人，好好玩！」

莫奈何板臉訓斥：「就愛看漫畫，不做正經事！」

莫奈何又翻幾頁，終於找著了有關「奇肱國」的記載。「我找到了，『奇肱之國，其人一臂三目，有陰有陽。』嘿，長得眞奇怪，三隻眼睛一隻手……還有咧，東晉的術數大師郭璞有注：『能作飛車，從風遠行。』所以我們要去坐他們的飛車，飛去崑崙山，對不對？」

燕行空點了點頭。

櫻桃妖興奮尖嚷：「哇！有飛車可以坐，太棒了！去坐飛車！坐飛車！」

莫奈何繼續唸道：「『刑天與帝至此爭神……』你的祖先就是在奇肱國附近和天帝大戰的？」

燕行空感慨萬千：「時移事往，滄海桑田，現在那兒變成了什麼樣子？誰也不曉得。」

小草的奇襲

梅如是、顧寒袖走在最前面，走上了一片綠茵茵的草地，卻不知怎地，愈走愈慢。地上的小草無聲無息的攀爬上他們的腳背，再往上糾纏住他們的腳踝，讓他們舉步維艱。

待得梅如是發現時，小草已迅速的長出根鬚，裹住了他倆的小腿。

燕行空遠遠望見：「糟糕，那片草地是青草精的眞身！」拔出金斧衝了過去，著地平捲而出，就像一臺剪草機，把那草地掃得草屑亂飛。

青草精禁受不起這柄絕世利刃的攻擊，正想撤退，一團猛烈的火燄卻已在他身上燒了起來。

原來芝麻李想要拖延燕行空等人的進程，便慫恿青草精去糾纏他們的腳步，但現在眼見青草精的伎倆有限，心腸狠毒的芝麻李便乾脆生起一把大火，將青草精給燒了！

「天殺的浣熊妖！」在青草精淒厲的呼喊聲中，大火烈烈蔓延，轉瞬便將梅如是、顧寒袖捲裹其中。

莫奈何急叫：「梅姑娘！」丟了手中的家當，衝入大火之中。坐在他肩上的櫻桃妖驚呼：「喂，我怕火啊！」

但已來不及了，被莫奈何帶入了火場。

梅如是奮力撕扯裹在兩人腳上的蔓草，一時之間並無效果。

莫奈何衝了過來：「快把衣服脫掉！」

眞是一語提醒夢中人，雜草只纏住了衣服，而沒纏住身體，梅如是趕緊脫去外衣，莫奈何則把顧寒袖的衣裳扒掉，扶著他逃出火場。

顧寒袖兀自拍手大笑：「歡迎蒞臨美夢火葬場，嘻嘻……」

櫻桃妖啐道：「大白癡！」

莫奈何見梅如是脫得只剩一件肚兜，忙道：「梅姑娘，行囊中還有衣服吧，快穿上，免得著涼。」

梅如是這才想起自己半裸著身體，大爲羞慚：「你快轉過身去！」

莫奈何連忙走開，取出自己的衣服幫顧寒袖穿上。

櫻桃妖附在莫奈何的耳邊道：「她的身體還有哪裡沒被你看見過？害什麼羞啊？」

莫奈何悄聲罵道：「閉嘴！這事兒，妳一輩子都不准說！」

櫻桃妖大發嬌嗔：「你眼裡只有她，都不管我？我最怕火了，你害得我差點被燒焦！」

莫奈何怪問：「爲什麼妳早沒看出這片草地是妖怪變的呢？」

「我只有七千年的道行，比我道行深的，我當然看不出來，像那芝麻李，我就沒能看出來。」

「唉，妳這妖怪，水也怕、火也怕、刀也怕、劍也怕，眞沒什麼大用處！」莫奈何失笑。「而且，剛才我沒注意到妳騎在我肩膀上嘛！」

「好，我再也不騎你了！」櫻桃妖賭氣走到一邊去了。

草地上的火已熄了，莫奈何望著青草精龐大的屍體，心中駭異：「燕大哥，你不是說，現在世上只剩下一些小妖了嗎？怎麼還有那麼大隻的？」

燕行空道：「小孩子生長了一萬年，會不會變成大人？」

莫奈何瞟了坐得遠遠的櫻桃妖一眼，笑道：「這可不一定！」

櫻桃妖氣得朝莫奈何做了一個大鬼臉，撿起掉在地下的《山海經》亂翻。

燕行空道：「看來芝麻李已經號召世上殘存的妖怪對我們發動攔截、攻擊，我們這一路上必須小心。」

櫻桃妖翻看著《山海經》，邊說：「這是一本地理書，但上面記載的都是遠古時代的地名，現在還有沒有這些地方，都是個大問題。」
莫奈何道：「最起碼『貫胸國』就存在啊！」
燕行空點頭道：「一千多年前，《山海經》的作者根據遠古傳說，把這裡記載成『貫胸國』，其實他不知這裡的底細。這些沒有靈魂的人比死了還痛苦……」
「就算這些地方都還在，但要怎樣去找呢？」
「奇肱國記載於〈海外西經〉，去玉門關四萬里，崑崙山也在西邊，所以我們往西走就對了。」

千里迷宮

卻說芝麻李詭計沒能得逞，滿心犯著嘀咕，繼而又尋思：「反正我的腳程比他們快得多，不用幾天就能趕到崑崙之丘，救出所有的妖怪，所以就不用管他們了，專心趕路要緊！」
芝麻李高興的哼著小調，一路往西，走沒多久，忽見前方有一個岔路口，左邊是一條平坦的田園大道，右邊則是一個巨大的洞穴隧道，一名年輕農夫在洞穴前鋤著地。
芝麻李想當然耳的往大道上走，但走沒幾步，卻又想道：「不對啊，那個農夫不在田野中幹活，卻在洞口鋤什麼地？」

當下轉了回來，朝那農夫道：「小哥兒，你在幹什麼？」

年輕農夫露出一口白牙，快樂的說：「我在耕田！」

芝麻李怪道：「那邊的田地肥沃得多，你爲什麼不在那邊耕呢？」

「這裡好！這裡好！」年輕農夫邊說，邊有意無意的把身體擋住洞口。

芝麻李疑心頓起，又問：「這條隧道通往何處？」

「哪裡都不通。」年輕農夫好似有些緊張。「這是條死隧道，裡面臭得很，最好別往裡面走！」

芝麻李暗裡直噴冷氣：「是了！他一定是燕行空派來騙我的！這條隧道才是捷徑，他不想讓我進去！」

冷笑一聲，推開年輕農夫，拔腿就走了進去。

洞中黑黝黝的什麼都看不見，果眞有一股難聞的氣味。

芝麻李心道：「這也一定是燕行空阻止我走捷徑的伎倆，想我浣熊妖何等聰明，怎麼會受你的愚弄！」

卯足勁兒往洞內直鑽。

他哪知道，這條深不見底的通道竟是身長千里、愛打呵欠的燭陰的大腸！

崑崙山的眾神布下了這個局，讓自以爲聰明的浣熊妖把寶貴的時間全都虛擲在燭陰渾濁骯髒的消化器官裡，與眾多排洩物相處了好一段日子。

眾神太閒

說起眾神會出手相助，自有一段緣由。

在這一萬年間，崑崙山眾神遵守天帝的命令，不干涉人間的任何事務，本也落得輕鬆愉快，天天吃自助餐，每個人的腰圍都增加了二十寸。

缺乏勞動的刑天比較苦悶，只好在健身房打發時光，但是現在他的眼睛長在乳房部位，如果胸肌練得太壯，會讓他的眼珠子突出來；他的嘴巴長在肚臍部位，如果腹部的八塊肌練得太結實，會讓他無法開口說話，所以後來他的健身計劃愈來愈縮水，每天吊幾個單槓也就算了。

那日，武羅跑來找他：「刑天大哥，你知不知道今年是最後一年了？」

「我當然知道。」刑天無聊的伸展著身體。「我在下界的子孫那麼多，當然有人跟我通風報信。」

刑天的子孫都是介於神、人之間無法認證的角色，被派去監督美夢小鎮的燕行空，算是這一族的族長。

「聽說那浣熊妖已經把一萬條靈魂收集齊全了。」武羅憂慮的說。「你有什麼打算呢？」

刑天聳聳肩膀：「天帝說得對，如果人類喜歡惡魔，就隨他們去吧，更何況，現在的人類根本不知道我們是誰，我們又何必去管他們呢？」

「也不能這麼說，人間有本《山海經》，把我們記載得很詳細，還把我描寫得挺漂亮的！」武羅洋洋得意，背誦著經文：「其狀人面豹文，小腰而白齒，而穿耳以鐻，其鳴如鳴玉……嘿嘿，他們說我的聲音很好聽呢！」武羅賣弄的哼起歌兒來。

刑天苦笑：「我也看過那本書，把我寫成了一個反賊！」

「總而言之，我們不能讓人類失望。」武羅對人類頗有好感。「還是應該讓他們繼續統治世界。」

刑天無可無不可：「那你就去統籌辦理吧。」

武羅偷偷召集了幾個神，商量了半天，決定派出燭陰去阻撓芝麻李的腳程——妖怪若在燭陰的大腸裡蠕動，日行五百會變成日行一百，如此一來一回就多消耗了他二十天！

武羅則扮成那個白牙齒的年輕農夫，故意裝模做樣的擋住洞口，讓自做聰明的芝麻李自動墮入圈套。

至於要加快燕行空這些人的行程，可就有點傷腦筋。

風神因因乎笑道：「這有何難，看我一陣風就把他們颳到崑崙山來！」

武羅皺眉道：「人類嬌嫩得很，經得起這種折騰嗎？」

「你放心，當年這種把戲玩得多了，好多人被我吹來吹去的，只摔死了一百七十一個而已！」

好大的一陣風

當因因乎來到燕行空等人頭頂上的時候，梅如是已穿好了衣服，紅著臉、低著頭走到莫奈何面前，眼睛完全不敢看他：「小莫哥，又要謝謝你了！」

莫奈何的臉比她還紅，正傻笑著想要說些謙遜之詞，一陣巨大無比的旋風忽然平地颳起，把眾人全捲上了天空。

「媽呀！天哪！」

一行人在天空中打轉，迅速的往西方飛去。

按照這種進度，只消兩個時辰就能把他們送到崑崙山，不料才飛沒多久，就被大鶩、少鶩、青鳥這三個可惡的告密者發現了，跑到西王母面前嘰嘰喳喳，西王母立即上報天帝。

天帝老大不爽：「我曾對魔尸做出過承諾，這一萬年間決不插手人間事務。我身為天帝，豈能失信於他？」

三隻鳥兒便又啣命飛報因因乎：「不准幫助人類！」

萬般無奈的因因乎只得鳴金收兵，讓燕行空等人掉落地面。

眾人從雲端跌至塵土，好不容易回過神，頭暈腦脹的爬起：「這是哪裡？」

繼續向前走沒多久，遠方出現一座高大宏偉的城牆。

莫奈何見櫻桃妖騎坐在顧寒袖的肩膀上，忙出聲呼喚：「喂，妳不要嚇人，快進來！」

櫻桃妖不情願的化作輕煙，鑽入莫奈何的葫蘆內。

眾人來到城門外，抬頭只見一塊扁額，上書「河南府」三個大字。

西京夢華錄

如今被稱爲「河南府」的這座城市號稱「西京」，可算是中原的第二大城，僅次於首都「東京」開封。

但這座城市的居民如果聽到外地人用上「河南府」這稱呼，就會面露極爲不屑的表情，他們還是驕傲的沿用著自古以來的地名——洛陽。

燕行空一行人穿過城門，進入繁華的洛陽大街。

莫奈何從未見識過這種大都市，看得眼睛都花了。

燕行空卻似輕車熟路，帶著大家來到一座豪奢非常、門口站著許多酒女的「進財大酒樓」，竟就走了進去。

梅如是暗想：「此人號稱刑天子孫、妖魔的監督者，怎麼一到了這裡就想燈紅酒綠、紙醉金迷一番？」便存了點輕視之心。

莫奈何也不想進去，但燕行空一馬當先，不容他們有任何質疑的空間。

眾人進了酒樓，圍坐一桌，燕行空也不看菜單，唏哩呼嚕的就點了一堆菜。

「原來是過慣了這種生活的人！」梅如是愈發不齒，乾脆捧起《山海經》埋頭苦讀。

顧寒袖道：「啊，有書！」雖然沒了心，還想索書來看，被燕行空隔開。

飯菜端上桌，莫奈何挑撿了一個小香菇，塞入葫蘆嘴，想餵櫻桃妖：「這個好吃。」不料，香菇剛塞進去，又噴了出來，正好打中莫奈何的鼻子，還夾著一聲嬌嗔：「哼！」

莫奈何莫可奈何：「唉，女人！」

梅如是一邊看書，一邊夾菜到顧寒袖的碗裡，顧寒袖卻掩鼻不迭：「好臭！」

燕行空嘆道：「他現在只想吃生肉。」

梅如是止不住想哭。

此時還沒到傍晚時分，顧客並不多，只有靠牆的一桌坐著兩個人，聞聲轉頭望過來，其中一個長相憨厚的讀書相公歡喜大叫：「顧兄！梅妹！」

梅如是一楞：「文大哥？」

此人竟是少年時跟顧寒袖並稱爲「江南二大才子」的文載道。

他曾經與顧寒袖比賽背書，比顧寒袖還快上一些，但後來他不小心摔了一跤，把腦袋撞壞了，變成過目即忘的白癡。

「你們也來洛陽？」文載道跑到他們桌邊，滿臉興奮的表情忽又一搭拉。「聽說顧兄這次……唉，可惜了，天理何在啊！」

文載道指的當然是顧寒袖沒能高中這件事，他自己因爲腦袋不行了，所以根本沒有參加這次省試。

顧寒袖笑道：「歡迎光臨美夢考場！」

文載道以爲顧寒袖懷才不遇、名落孫山，心中必定沮喪萬分，沒想到他竟嘻皮笑臉、渾若無事，當即一挺大姆指，讚道：「顧兄秉性淡薄、胸襟豁達，果非常人能及！」

梅如是笑問：「文大哥來洛陽有什麼事？」

「家父叫我來醫治我的笨腦袋，」文載道回身一指同桌的中年人。「那位就是洛陽第一名醫，嗯……嗯……怎麼忘了他的姓名？」看來他的腦袋還眞傷得不輕。

那位大夫索性自己走了過來：「敝姓嚴，草字洛王。」

莫奈何暗道：「怎麼有醫生叫作閻羅王的？誰還敢讓他看病？」

嚴洛王則一直緊盯顧寒袖不放：「這位公子的病情可嚴重了。」

不由分說的坐下，抓起顧寒袖的手，伸指按來按去，可就是找不著顧寒袖的脈搏。他滿頭大汗，狐疑的望著顧寒袖：「這……這不可能啊？」

梅如是忙道：「嚴大夫……不幫他把脈，可以嗎？」

嚴洛王不悅：「那要如何診斷？」

顧寒袖笑道：「觀其面，知其心，是之謂也。」

嚴洛王鬆了口氣：「原來你還活著。」

梅如是道：「他的症狀就是容易盜汗、氣息短促……」

嚴洛王翻了翻顧寒袖的眼皮，再看他的嘴唇：「煩熱短氣、唇紅口乾、盜汗、消瘦。腰痠不痠？」

顧寒袖點頭。

「膝軟不軟？」

顧寒袖又點頭。

「腰膝痠軟。」伸手摸顧寒袖脅下。「脅下腫硬。」再看舌頭。「舌紅絳、少苔、光剝裂紋……」嚴洛王搖頭。「唉，此爲肝腎陰虧、肝硬變末期……咳咳……」

梅如是道：「大夫，但說實情不妨。」

「大羅金仙也救不了他了！」

梅如是神情黯然，顧寒袖卻嘻嘻笑。

文載道大驚：「顧兄怎麼……怎麼會？」止不住哭了起來。

顧寒袖笑道：「歡迎光臨美夢墳場。」

弄得文載道哭得更兇。

嚴洛王還不死心：「我再探探你的脈搏……」

莫奈何急忙攔阻：「您還是先醫治文公子的腦袋要緊，這位顧公子自有我們照顧。」

嚴洛王瞪眼：「你這個小道士，憑什麼照顧他？難道你以爲他是被妖怪迷了？你們這種江湖術士，開口閉口就是怪力亂神！蠱惑人心，莫此爲甚！」

莫奈何正想回嘴，卻猛聽一聲「阿彌陀佛」，一名清瘦老和尙帶著一個眉清目秀的小和尙走了進來：「何處有妖怪？」

燕行空暗犯嘀咕：「怎麼又來了兩個添亂的？」

那和尙走到眾人桌前，道聲「叨擾」就坐下了，抓起筷子就夾了塊好肥好肥的蹄膀肉大吃特吃。

眾人都看傻了眼。

燕行空語帶譏諷：「大師好修行！」

「酒肉穿腸過，佛在心中坐。」老和尙又倒了杯酒，一口喝乾，他的脖子特別長，那口酒在脖子裡慢慢往下滑，特別過癮。「嗯，二十八年的『玉堂春』，好酒！」不忘自我介紹：「貧僧『性圓』，這是我徒弟『花果』。」

那花果小和尙倒是挺規矩，捧著木魚、缽盂，垂眉低眼的站在師父身後。

莫奈何想起自己就在幾天之前也是這副乖、呆、笨的模樣，便起了點惺惺相惜之心，笑道：「小師父，坐啊，佛道本一家，不要客氣，你師父不守清規，你跟著學就對了！」

花果紅著臉囁嚅：「小僧不敢……」

燕行空冷笑：「有什麼不敢？他吃肥的，你吃瘦的，最好兩個人都把腸子吃穿！」

嚴洛王瞪眼道：「腸子若穿了孔，在下可不會醫。」

顧寒袖笑道：「歡迎光臨美夢醫館！」

文載道又哭了起來。

燕行空見他們婆婆媽媽的扯不清楚，頗爲不耐，起身走向大廳前方。

邢進財的生意經

進財大酒樓的大掌櫃邢進財每天最歡樂的時光就是坐在櫃臺後頭打算盤。

他的算盤是純金的，金珠子撥起來格外清脆響亮。

燕行空來到櫃臺前，行了一個大禮：「財叔，我是刑空。」

邢進財楞了一下：「你來做什麼？」

燕行空的笑容裡滿蓄嘲諷：「財叔的生意愈做愈大了！」

一聽這話，邢進財胖呼呼的臉便笑成了一塊大餅：「是啊！現在不光只是酒樓，後院還開起了大客棧，今日新開張，特別請了天下第一樂師來演奏慶賀！」

燕行空嘆口氣道：「財叔，先別說這些，美夢小鎮那邊發生大事了！」

邢進財登即變臉，抄起算盤就往後面走：「唉，我很忙，別來煩我！」

「財叔，你是本族裡輩分最高的……」

「我輩分最高，沒錯；但現在你是族長，要怎麼幹，你自己決定就好。」

「妖魔的勢力龐大，單靠我一個人恐難成事！」

「唉呀，對我來說，還有什麼事情比賺錢更重要？我生意忙不過來，你找其他的人去，刑氏子孫又不是只有我一個？」邢進財趕蒼蠅似的揮舞雙手。「這樣好了，你們那桌人，今天的飯錢、房錢全都算我的，夠意思了吧？」

又掏出兩錠小元寶，胡亂塞在燕行空手裡：「好了好了，去吧去吧！」竟把他當成了乞丐，然後逕自躲到店後去了。

燕行空氣呆在當場。

卻說莫奈何這桌上，吃的吃、哭的哭、傷心的傷心、不爽的不爽，饒是如此，卻也很快的就互相熱絡起來。

嚴洛王一直話中帶刺的損那老和尚性圓，性圓只是呵呵笑，吃喝得更猛更快；莫奈何一直想騙那小和尚花果喝酒，花果死也不肯喝。

忽然，幾個大巴掌狠狠的落上莫奈何頭頂。

回頭一看，竟是師父提壺道人與胡剛、吳濤、駱旺三位師兄。

「師父？」莫奈何高興大嚷。「您怎麼也來了？」

提壺道人灰著臉嘆氣：「別提了。」

原來，莫奈何一下山，日常雜事都沒人做，玉虛宮裡亂得一塌糊塗，食物也沒了，提壺道人只得帶著三個徒弟下山找活兒幹，但他捉妖、算命的本領都很有限，騙不到什麼人，只得一路流浪到此，見這酒樓豪華非常，諒必酒客出手大方，才想進來混口飯吃。

莫奈何道：「師父、師兄快請坐，酒菜還有很多，儘管吃！」

胡剛等三人這些日子以來吃了不少苦，卻見莫奈何天天都在享福，心中當然氣憤難平，大庭廣眾之下，又是一頓拳腳交加：「你這混帳兔崽子，鎮日價大魚大肉的也不找我們，可惡透了！」

胡剛打得最兇，簡直想把莫奈何的皮都扒了，卻忽覺後頸一緊，被人像小雞似的拎了起來。

是剛剛從櫃臺那邊回來，滿肚子鳥氣的燕行空。

吳濤色厲內荏的戟指燕行空：「你是什麼東西？找死……」話沒說完，也被人像小雞似的拎了起來。

是終於看不下去的老和尚性圓。

「你們統統不想活了！」駱旺邊罵邊後退，正想覓路逃跑，卻還是像小雞似的被人拎了起來。

居然是那小和尚花果。

燕行空心想：「看不出這小和尚的身手還眞不弱！」

莫奈何疊聲求情：「各位大哥，我這三個師兄沒有惡意，平常打鬧慣了的，快把他們放下來吧！」

但聞「砰砰砰」三聲，三個人都被摔在地下，一陣七葷八素之後，俱皆心忖：「才幾天沒見，莫奈何這傢伙怎麼已經變成一個老江湖，還有許多高手在旁相助，當眞是老天沒眼！」

爬起之後，再也不敢對莫奈何頤指氣使了。

莫奈何笑道：「師兄快請坐，用些酒菜。」

三人灰頭土臉的一落座，正好坐在梅如是對面，乍見絕世無雙的美人兒，禁不得目瞪口呆。

梅如是眼看他們這副熊相，一肚子氣，正想離席而去，卻聽那些擠在大廳前方的酒女齊聲嗆呼：「天下第一樂師來了！」

顧寒袖嘻嘻笑：「天下第一，天下第一！」

莫奈何暗自皺眉。「怎麼又來個天下第一？難道是美夢小鎮的行屍跑到這裡來了？」

一名長相俊秀的年輕人抱著一具古琴走入酒樓，酒女們都興奮的簇擁著他：「崔吹風，今天要演奏什麼好聽的曲兒啊？」

那崔吹風坐在早已準備好的位子上，褪琴衣，取出古琴，朗聲道：「今日洛陽的進財大酒樓新開設客棧部門，將來各路英雄豪傑勢必蜂湧而至，所以我就演奏一曲〈八方風雨會中州〉，預祝以後八方遊客全都聚集於此。」

手一揮，一陣烈火似的琴音頓時充滿了整座大廳。

他演奏的音樂與尋常樂師大不相同，沒有小橋流水、行雲飄雨，全是大開大闔的金鐵之聲，節奏又明快俐落、強震大撼，每一個音符都像一個活蹦亂跳的小精靈，一直鑽到了人的心底裡去。

酒樓外的行人都被吸引進來，與大廳內的酒女擠在一起，全都隨著節拍，不由自主的扭動腰肢，跳成一團。

甚至，一個在廚房後面負責洗碗的小丫頭音兒也亂扭一氣，把一堆剛洗好的碗盤全都摔碎在地，被領班龔美罵了個臭頭。

文載道搖頭大嘆：「靡靡之音，敗壞人心！」

老和尚性圓吃了塊肉、喝了口酒，道：「阿彌陀佛！」

小和尚花果便也附和著：「阿彌陀佛！」還敲了兩下木魚。

不料那崔吹風聽見木魚之聲，竟抽空跑了過來：「小師父，借我一用。」

拿了小和尚的木魚與缽盂，又順手取了一個酒壺、幾個酒杯，跑回臺上，邊彈琴，邊敲木魚、缽盂、酒壺、酒杯，節拍更爲強勁有力。

莫奈何笑道：「什麼東西到了他手裡，都能奏出音樂。」也取下背上葫蘆，胡亂拍打，惹得裡面的櫻桃妖低罵：「要死啦？」

此時天光已暗，燕行空生怕顧寒袖露出行屍本相，便朝梅如是等人遞了個眼色：「該休息了，明日一早還要趕路。」

梅如是早就想離開，牽著顧寒袖起身便往後走；文載道當然沒心情聽音樂，哭哭啼啼的跟在他們後頭：「顧兄啊……」

性圓打個呵欠道：「方外之人不能聽淫樂，去睏去睏。」帶著小和尚花果也往後走。

提壺道人卻聽得滿過癮，坐著不想動，但胡剛、吳濤、駱旺那三個見梅如是走了，哪還留得住？拖著師父就往後走。

莫奈何本也想留下來看熱鬧，被燕行空硬拖起來：「書呆子不能與梅姑娘同房，需要你去看守他。」

這一桌上便只剩下嚴洛王，頗有精神的隨著音樂節拍扭動。

店小二的惡夢

眾人在店小二的帶領下，住進各個房間。

莫奈何帶著顧寒袖進入房內，直犯嘀咕：「眞倒楣，爲什麼就該我看管這具行屍走肉？」

葫蘆內的櫻桃妖決不應聲。

莫奈何拔掉塞子朝裡喊：「妳爲什麼還不出來？」

「出去幹嘛？裡面很舒服。」

「妳今天晚上好像很害怕？」

「又有和尚，又有道士，我不想去招惹他們。」

「和尚、道士也怕？妳怕的東西還眞不少！」莫奈何笑道。「我也是個道士，妳怎麼不怕我？」

「在我眼裡，你只是一個……」櫻桃妖本想說「只是一個處男」，話到嘴邊，還是改了口：「你只是一個沒有道行的小混蛋！」

莫奈何放下葫蘆，一頭栽倒在床上，朝顧寒袖道：「書呆子，睡吧，夢裡就有你的美夢小鎮。」

顧寒袖笑道：「回美夢小鎮，好！好！」

莫奈何自顧自的睡去。

顧寒袖呆呆的坐在椅子上，活像一具失去了操控人的木偶，既不睡覺也不動作。

窗外夜色愈沉，大廳裡的樂聲終於沉寂下來。

顧寒袖的臉逐漸變成慘青之色，嘴裡的獠牙也變長了。

他站起身來，走到莫奈何床前，似乎想要咬他，莫奈何正好翻了個身，朝他噴出一口臭氣，顧寒袖摀鼻不迭，改變了主意，開門出房而去。

樂已畢，人已散，客棧內的旅客多已熟睡，顧寒袖走在寂靜的走廊上。

一個房間的門是開著的，顧寒袖看見一個肥胖的中年人袒露著上半身躺在床上，止不住口水直流，正想走進去。

房門忽被同房的女子關上，差點撞扁顧寒袖的鼻子。

顧寒袖只得走下樓梯，進入後面的廚房，看見砧板上有塊剩肉，拿起來嗅了嗅，顯然沒什麼胃口，便把肉扔了。

一隻正在廚房內覓食的老鼠竄過來，叼了肉就跑。

顧寒袖見著活老鼠，馬上衝過去抓牠。

老鼠溜出廚房，爬樓梯上到二樓走廊，顧寒袖緊追不捨，笨拙的東撲西撲，發出不小聲響。

一個名喚張小袞的店小二聞聲而來：「客倌，你在幹什麼？」

飢不擇食的顧寒袖乾脆向張小袞撲過來。

張小袞裝模作樣的擺出架式：「你別惹我，我可是練過形意拳的……」

顧寒袖「哧」地一咧嘴，根根利齒都有若鋼鉤，閃亮尖銳。

張小袞嚇得大叫，哪還顧得了什麼練過、沒練過，撤了架式，慌不擇路，一頭撞入莫奈何的房間，一腳踢翻了放在地下的葫蘆，塞子蹦開，櫻桃妖從葫蘆內飄了出來。

被吵醒的她，老大不高興，變出兇惡大娘的相貌，斗大一顆頭，張開血盆大口吼著：

「吵什麼吵啊？」

張小袞又嚇得大叫，忙衝出房外，又差點被顧寒袖抓住，只得闖入燕行空的房間。

準備就寢的燕行空正把陶製頭顱取下，放在臉盆裡洗著。

張小衰又慘叫一聲，就此昏倒。

旅客們被這陣嘈雜驚醒，都探頭出房。

顧寒袖齜著獠牙，見人就抓。

旅客們驚叫亂竄，紛紛跑上大街：「鬼啊！怪物！妖怪！……」

顧寒袖追逐旅客，也出了客棧，瞬即驚動全城，巡城兵卒都趕了過來。

燕行空、梅如是、莫奈何等人尾隨追出，拖著顧寒袖奔入小巷。

兩個女人的戰爭

燕行空等人狼狽的在各處小巷中繞行了一大圈，好不容易才擺脫兵卒的圍捕，天已濛濛亮。

顧寒袖逐漸回復成爲正常人的狀態，笑道：「這裡不好，我們回美夢小鎮。」

櫻桃妖不爽的從葫蘆中鑽出來，坐在莫奈何的肩膀上：「我這是何苦來哉？你們人類要遭殃，干我什麼事？我幹嘛跟著你們一起受罪？」

莫奈何假裝沒聽見。

櫻桃妖又故意朝著顧寒袖道：「卻又碰到一個重色輕友的混蛋！人家又不喜歡他，他偏要黏著人家，你說他要不要臉？」

顧寒袖笑咪咪的說：「姑娘此言差矣，世上豈有不要臉的人？人沒了臉，怎麼活？」

櫻桃妖冷笑：「你沒有心，怎麼還能活？」

顧寒袖一愣：「姑娘這話從何說起？」

梅如是心情不佳，不耐道：「小妖精，可不可以請妳安靜一點？」

櫻桃妖大怒：「妳說什麼？妳才是小妖精！」

莫奈何好言相勸：「櫻桃，梅姑娘心情不好，妳就不要招惹她了。」

櫻桃妖更怒：「姓莫的，你就只會幫她說話！那我算什麼？」

梅如是道：「洪櫻桃，我不懂妳一直糾纏小莫哥是什麼意思，總歸是不安好心，我勸妳趁早離開，否則必定惡有惡報。」

櫻桃妖氣得口不擇言：「我糾纏他？還不知是誰勾引他呢！」

梅如是怎忍受得了這種帶著刺兒的話中之話：「妳說清楚，誰勾引他？」

櫻桃妖哼道：「妳全身脫得光光的，躺在那鯰魚妖的洞穴裡，給誰看啊？」

莫奈何沒料到她竟會說出這個自己想要保守一輩子的天大祕密，驚得結結巴巴：「妳……別亂說，梅姑娘是被妖法迷住了……」

「誰知道她是眞被迷，還是假被迷？你不但把她的身體看光光，還趁著幫她穿衣服的時候把她摸光光！你自己說，有沒有這回事？」

莫奈何張口結舌的表情，卻正說明「有這回事」！

梅如是渾身顫抖：「小莫哥，你說實話，她說的都是眞的嗎？」

莫奈何笨嘴笨舌的辯解：「她她她……我不會穿，後來衣服是她幫妳穿上的……」

言外之意，其他的都是眞的！

梅如是極力維持住心神的平穩，拉著顧寒袖快步奔離現場。

梅如是終生的包袱

梅如是找了個僻靜的角落，蹲下來，縮成一團。

一個女人徹底崩潰的時候，會出現什麼樣的症狀？

痛哭？抽搐？痙攣？呆滯？

梅如是並沒有發生這些情形，她只是不停的顫抖，從胃臟開始抖起，一直向上抖到心臟、抖到後頸，再抖進頭顱之中。

她想吐，卻吐不出來；想哭，也哭不出來；想叫，更叫不出聲。

她並不討厭或輕視莫奈何，畢竟他還救過自己兩次性命，但現在她只要一想起莫奈何那張傻笑兮兮的臉，就恨不得把它撕成碎片！

「妳的衣服是櫻桃妖幫妳穿上的！」莫奈何這麼說，於是她也搞不清楚，到底是男人的手比較噁心，還是妖怪的手比較噁心？

當她終於能夠控制住自己的時候，她才猛然想起——顧寒袖呢？

還好，沒有心的人不會亂跑，只是蹲在另一邊捧著《山海經》苦讀，也不知讀進去了些什麼？

梅如是牽著他走向城門。

她現在只想離開洛陽、離開那些知道這件事情的人！

天下第一神捕

洛陽城，城門不開。

洛陽城門已被兵卒與捕快牢牢的守住。

梅如是、顧寒袖才剛露面，進財大酒樓那個可憐的店小二張小衰就指著他們大叫：「就是那一個！那一個是殭屍，想抓人去吃！」

捕快們圍了過來，一抖鐵鍊，套住了顧寒袖的脖子。

顧寒袖嘻嘻笑：「歡迎光臨美夢牢房！」

梅如是抗聲：「你們幹什麼？我們有何罪？」

「少囉唆，跟著走就對了！」

捕快拖著顧寒袖就走，梅如是一把抓住鐵鍊，兩名捕快竟拖不動。

「姑娘好大的手勁！」一名捕頭模樣的人悠悠哉哉的走了過來。

他年紀雖輕，臉上卻帶著一種古怪的滄桑神情；頗爲英俊的面龐上，長了一雙不老實的眼睛，毫不掩飾的透出一股邪淫的眼神。他上上下下的瞅著梅如是，好似她是光著身子一般。

梅如是一碰到這種色狼模樣的人就心中有氣：「你就是這些混帳捕快的頭兒？」

捕快們齊聲喝斥：「恁地無禮？你面前的這位可是號稱『天下第一神捕』的姜無際總捕頭！」

顧寒袖嘻嘻笑：「天下第一！天下第一！」

姜無際仍然緊緊的盯著梅如是：「二位還是乖乖的跟我走吧，查明清白之後，自然沒事。」

捕快們嘻笑著說：「我們姜總捕最喜歡看裸體的美女，只要妳滿足他的要求，一定無罪釋放！」

怎麼又碰到這種邪惡的貨色！

梅如是滿腔怒火正要爆發，燕行空、莫奈何卻從一條小巷中走了出來。

他們其實早已躲在附近，想要伺機出城，眼見梅如是就快要跟捕快們起衝突，只好趕緊現身。

張小衰又大叫：「他們都是妖怪！全部都是！」指著燕行空。「那一個的頭顱是可以拿下來的！」又指著莫奈何：「那一個的葫蘆裡會跑出一個兇惡的大娘！」

他的指控，當然只被大家當成笑話。

燕行空厲聲質問姜無際：「洛陽還有沒有王法？」

「知府大人的六姨太昨晚被人殺了。」姜無際掃視眾人。「你們全都涉有重嫌！」

眾人一愣：「這是從何說起？」

「外地來的一定比本地人更有嫌疑！」這個捕頭的強橫霸道真讓人難以想像。「我要一一查明你們來到洛陽的目的，走！」

莫奈何暗忖：「這個姜無際又是什麼天下第一，難道又是妖怪派來的，想拖住我們？」

奪命客棧

姜無際押解一行人回到進財大酒樓。

「把所有的旅客都叫起來！」

文載道首先呵欠連連的進入大廳。

「你來洛陽幹什麼？」姜無際盤問。

「在下記性太差，」文載道傻笑。「家父命我來此求醫。」

「所求何醫？」

文載道搔著頭皮：「忘了他叫什麼名字……」

話沒說完，就見嚴洛王呵欠連連的進入大廳。

「嚴洛王？」姜無際這天下第一神捕當然認識洛陽第一名醫。「你爲何會住在這裡？」

嚴洛王不好意思的笑了笑：「昨夜聽曲，實在太好聽了，便跟隨著音樂扭擺過了頭，累得要死，無力返家，所以就住在我這病人的房間裡。」

「你跟我睡在一起？我怎麼都不知道？」文載道傻笑。

姜無際追問：「誰奏的曲兒這麼好聽，能夠迷住大家？顯然有所圖謀！」

「此人號稱天下第一樂師，端的是與眾不同。」

「把他叫來！」

崔吹風呵欠連連的進入大廳。

「你來洛陽幹什麼？」

「在下家貧，只好賣藝爲生。洛陽繁華之地，當然賺得比較多。」

「大家都說你琴藝精湛，爲何不去『太樂署』任職？」

崔吹風笑道：「太樂署演奏的都是極端無聊的東西——上朝、退朝、祭天、祭祖，悶不堪言，去那兒簡直是浪費生命！」

此話頗有大不敬的味道，但姜無際卻非常滿意的接受了。「還有什麼人？」

老和尚性圓帶著小徒弟花果呵欠連連的進入大廳。

「方外之人不住在山上餵鳥，來塵世何爲？」

「塵世紛擾，正爲解決紛擾而來。」

「解決了未？」

性圓嘆口氣：「徒增紛擾而已，貧僧今日便去。」

姜無際似也滿意。「還有誰？」

提壺道人呵欠連連的進入大廳。

「怎麼又是個出家人？莫非洛陽鬧鬼？」

提壺道人信口胡謅：「正是有人請我來抓鬼。」

「哪一家請你？」

提壺道人慌了，只得堅守胡謅策略：「是我徒弟接的生意，要問他們才知道。」

「你的徒弟爲何還不來？去叫！」

「我去。」莫奈何生怕師兄們因爲貪睡而被官府懷疑，忙跑上客棧二樓，進入胡剛等人的房間。

天哪！胡剛、吳濤、駱旺三人蜷曲在床上，已變成了三具乾屍！

詭異的是，他們的臉上竟都帶著幸福的笑容。

可憐的師兄啊！

三具屍體擺在大廳中央。

嚴洛王臨時充當起驗屍的仵作。

「你發現他們的時候，他們就是這樣蜷曲的睡姿？」

「是……」莫奈何哭成了個淚人兒。「可憐的師兄啊！」

嚴洛王又把屍體翻來翻去的細細觀察：「神疲蜷臥，內衣溼透，顯見生前曾經渾身冒冷汗……手足比身體的其他部位冷上許多……臉上有興奮的笑容……這嘛，咳咳咳！」似有難言之隱。

「先生有話直說！」姜無際的眼神讓人無所遁形。

「陰寒內盛，陽氣嚴重耗損。」嚴洛王做出論斷。「他們是脫陽而死！」

「三個男人同房，竟同時脫陽而死，什麼事兒嘛這是？」姜無際瞪向提壺道人。「莫非你的徒弟都有斷袖之癖？」

提壺道人慌得亂搖頭。

嚴洛王又道：「其實，他們也不見得就是一般所謂的脫陽，《黃帝八十一難經》之〈二十難〉中說：『脫陽者見鬼』。」

提壺道人趕忙附和：「對對對，有鬼！洛陽有鬼！所以人家請我來抓鬼！」

「我看你們才是見了鬼，一件命案不夠，現在又多了三件。」姜無際扭頭吩咐捕快。

「把這些人統統帶回府衙受審！就算是有鬼，也必在他們之中！」

捕快們正要把大家押出去，卻聽一個蒼老的聲音道：「不用了。」

來人是洛陽知府羅奎政。剛死了六姨太的他，神情哀傷，無精打彩：「姜總捕，洛陽確實有鬼。」

誰是妖怪？

羅奎政不想讓這件案子上公堂，因為實在無法列入正式紀錄。

「知府大人既出此言，必有所據。」姜無際即使面對自己的上司也是一樣不假辭色。

「從實招來！」

「我這房姨太太是十五年前娶的，平常倒也賢慧懂事，只是每年一到春天就……唉！」羅奎政頗有難以啓齒之痛。「一到春天就會發瘋，把自己關在房間裡不出來，而且……而且……」

「而且怎麼樣？」姜無際十分不耐。

「而且房中經常會發出男歡女愛的聲音。」

「十五年來，每到春天都會如此？」

「沒錯。」

姜無際冷笑：「既然這樣，知府大人為何不把她休了？」

羅奎政囁囁嚅嚅：「我……我捨不得……」

莫奈何心忖：「這知府大人倒眞癡情，愛他的姨太太愛得死心塌地。」

姜無際道：「大人為何不帶人闖進她的房間查看？」

「當然有啊，但每次都沒看見什麼，就她一個人在房內發瘋！」羅奎政心有餘悸。「還有好幾次，我們都還沒進房，就莫名其妙的暈倒在房門口，等醒過來時，當然什麼都沒有了。」

櫻桃妖在葫蘆裡嘀咕：「分明是妖怪作祟！」

莫奈何悄聲問著：「現在大廳裡的這些人之中有妖怪嗎？」

「我早說過了，道行比我深的，我就看不出來。」

姜無際盯向莫奈何：「你在那兒咕噥什麼？」

莫奈何乾笑：「咳咳……我是說，知府大人府中可能眞的有妖怪！」

姜無際慢悠悠的走到他面前：「小道長頗有見地，倒要請問，這廳中誰是妖怪？」

燕行空因行程耽擱，心下焦躁：「這等荒唐之事，與我們何干？我們有急事在身，姜總捕若拿不出我們涉案的證據，我們可不能奉陪了。」

姜無際的一雙眼睛色迷迷的緊盯梅如是，口中冷冷道：「這案子沒破，任何人都別想走出洛陽一步！」

燕行空本想翻臉，然而仔細一想，他自己若想要硬闖出洛陽並不難，但帶著顧寒袖可就萬萬不能了，只得強自忍下。

姜無際輕輕一笑道：「小道長既然如此認爲，就快點幫我們捉妖吧。」

「我捉……」莫奈何情急智生。「師父，還是你來吧！」

提壺道人嚇了一大跳，可是先前已經誇下了海口，現在否認哪還來得及？只得硬著頭皮上前，抽出背上的桃木劍，不由分說的先在文載道頭上敲了一下：「急急如律令，妖怪現形！」

文載道被那木劍敲得生疼，傻笑著說：「道長是在幫我醫腦袋嗎？」

提壺道人見他這憨相，怎麼也不像妖怪，只得轉向，走到崔吹風面前，舉劍威嚇：「你的音樂裡就有妖怪的氣味，又長得這麼俊秀，必是妖怪無疑！快快現形！」

崔吹風死命抱著頭：「我有什麼形好現？這就是我的形！」

嚴洛王昨晚被他彈奏的曲兒迷了一整夜，當然對他頗有好感，立即衝了過去：「你這雜毛好沒道理，妖怪奏的曲兒都是鬼氣森森、若斷若續的，這位崔公子的曲兒卻如同大火燃燒、大地震動、大水沖刷，哪有什麼妖味？你又說長相俊秀的就是妖怪，那個小和尚豈不是更俊秀，你怎麼不去抓他？」

老和尚性圓帶著小和尚花果一直獨善其身的窩在角落裡，聞言忙道：「阿彌陀佛，施主萬莫胡亂牽拖。」

提壺道人急了，舉劍指著嚴洛王：「我看你這個大夫也頗有妖氣……」

嚴洛王一伸手就把桃木劍搶了過來，反手一劍砍在提壺道人頭上：「你才是妖道！」

莫奈何嚷嚷：「你怎麼打我師父？」捲起袖子就要上前拚命。

文載道忙攔在他面前：「他可是要醫治我的大夫……」

莫奈何不管三七二十一，一拳打得他鼻血長流。

羅奎政眼見廳中一片大亂，忙喝道：「成何體統？統統拿下！」

燕行空沉聲道：「知府大人，我們是配合你查案，才勉強留在這裡混攪什麼捉妖怪。你若要公事公辦，我們也可以到公堂上去講清楚，留下正式紀錄，免得以後大家都把這件事當成笑話。」

羅奎政就是無法公開此事，一聽燕行空這麼說，當下矮了半截，乾笑道：「燕大俠說得是，我們還是請姜總捕來調查吧，姜總捕辦案如神，一定能查個水落石出。」

燕行空心想：「這個姜無際到底是什麼人，竟然被知府吹捧得這麼厲害？在我看來根本是浪得虛名。」

姜無際彷彿很覺無趣的嘆了口氣：「先把屍身抬來，驗過了再說。」

審鬼

六姨太的屍體被抬了過來，她的胸口上插著一柄小刀，滿臉傷心愁容，放在胡剛、吳濤、駱旺等三具面帶幸福笑容的屍身旁邊，顯得格外詭異。

姜無際冷冷發問：「昨夜府中可有異狀？」

羅奎政道：「就是房內又發出許多聲音，我帶了一群僕從想闖進去，卻不知怎地，才一到門口，就全都暈倒在地……」

「然後呢？」

「等我們醒過來之後，進入房中，就看見她……已經這樣了。」

「不過就是飛賊用了迷魂香罷咧。」提壺道人連忙顯示自己的江湖閱歷。「普通的竊財害命而已，跟妖怪有什麼關係？」

「羅大人一行人是在戶外的開放空間中被迷暈的。」姜無際不屑哂道。「世上豈有這麼厲害的蒙汗藥或迷魂香？而且十五年來，這個竊賊年年春天都來行竊？」

「這是偷香竊玉！」崔吹風一拍雙掌，拿起琵琶就彈。「作曲的好題材！」

羅奎政氣得把他的琵琶砸在地下：「看老夫嚴辦你這個淫蕩刁民！」

姜無際哼哼一笑，又盯著梅如是：「偷香竊玉，可正是我最愛做的事兒！」

燕行空發火道：「這案子到底辦不辦？若是辦不了，我們可就要走了！」

「世上豈有我辦不了的案子？」姜無際走到四具屍體的旁邊，蹲了下來，厲聲問著：「你們是怎麼死的？快說！」

眾人俱皆在肚子裡偷笑，尋思著：「這小子作張作致、裝神弄鬼，看他能玩出什麼花樣？」

姜無際輪流俯耳在四具屍體之前，連連點頭：「嗯……嗯……我知道了……嗯……」一陣攪和之後，站直身軀，望著眾人笑了笑。

燕行空、性圓等功力高強的人都忽然覺得大廳中似有一陣怪風吹過，四面張望了一眼，並沒看見任何異狀。

緊接著就見姜無際一屁股坐倒在椅子上，一臉灰敗之色，不知怎地渾身是汗，好似非常疲倦。

羅奎政慌道：「姜總捕，你怎麼了？」

姜無際喘息半天，方才睜大雙眼，色迷迷的望著梅如是：「我如果能偵破這四件命案，姑娘可願與我共度春宵？」

燕行空、莫奈何一起大怒：「干梅姑娘什麼事？」

顧寒袖嘻嘻笑：「美夢春宵、春宵美夢！」

文載道又大哭起來：「顧兄啊……」

羅奎政忙打圓場：「各位見諒，這位姜總捕什麼都好，就是有點好色如命。」

姜無際卻猛一板臉：「羅大人，你說我好色如命？」

羅奎政見他這副疾言厲色的模樣，不禁發楞。

姜無際緩緩道：「我現在就要說一個好色如命的故事。洛陽北面的邙山上，有一戶姓高的採樵人家……」

羅奎政不知怎地汗如雨下：「姜總捕，你講這些做什？」

姜無際根本不理他，繼續說了下去：「這位樵夫中年喪偶，只有一個閨女，名叫碧雲……」

羅奎政氣急敗壞的吼道：「夠了！你閉嘴！」

姜無際轉臉吩咐一個副捕頭模樣的人：「鄭千鈞，如果再有人在旁邊鬼吼鬼叫，水火棍伺候！」

「是！」鄭千鈞顯然對總捕頭唯命是從，一提水火棍，就站到了羅奎政身後，嚇得羅奎政再也不敢出聲。

「這位碧雲姑娘人美心更美，照顧父親、操持家務，可說是無微不至。在她十五歲那年初春的某一天，她在後山浣衣，發現溪邊有一隻受了傷的大雁，便把牠帶回家中醫護……」

性圓老和尚唸了聲佛號：「碧雲姑娘慈悲爲懷，眞乃人間菩薩。」

花果小和尚也跟著宣唱：「阿彌陀佛！」

窗外忽然飛入一片樹葉，崔吹風隨手拈起，竟就放在嘴邊吹奏起來，一闋清泉也似的旋律頓即充滿於大廳之中。

「在碧雲姑娘的悉心照料之下，大雁很快的就痊癒了，說也奇怪，牠竟不想離去，整天膩在碧雲姑娘身邊，直到秋天方才依依不捨的飛往南方……」

燕行空心下不耐：「這小子盡說些廢話到底有何用意？」

「第二年的春天，碧雲姑娘十六歲了，長得更加亭亭玉立，一日她在山中撿柴，碰到了一條比海碗還粗的大蟒蛇，正危急間，忽見一隻大雁從空中俯衝而下，奮不顧身的和那蟒蛇戰作一團……」

「阿彌陀佛！」性圓又唸了一聲。

崔吹風的音樂也跟著變得火爆激昂，雁蛇大戰恍如就在眾人眼前進行。

「大雁兇猛異常，終於把大蟒蛇啄死，碧雲姑娘卻嚇得暈了過去。等到她醒來時，一個白衣少年相公正滿臉憂心的在旁照顧她。碧雲姑娘的第一句話就急急問著：『那隻大雁呢？』白衣相公回答：『牠沒事，飛走了。』」

櫻桃妖在葫蘆內咕噥：「唉喲，這事兒還不簡單嗎？白衣相公就是大雁！」

莫奈何悄聲道：「原來是個前來報恩的雁妖？」

姜無際有意無意的瞪了他一眼，續道：「白衣相公自稱姓龍，不但知書達禮，更是溫柔體貼，他攙扶碧雲姑娘回家，高樵夫當然也感激不盡。鄉野之人沒那麼多禮教約束，所以過沒幾天，他倆就……嘿嘿，做起我最喜歡做的事兒來了。」

只聞羅奎政發出一聲悶哼，頹然坐倒在一張椅子上。

眾人眼見他這模樣，俱皆暗忖：「這碧雲姑娘想必就是後來的知府六姨太了，追究起來，她與龍相公相愛在先，也沒什麼過錯。」繼而又都想道：「這等私密之事，姜無際又是怎麼知道的？難道他剛才真的跟死人對上了話？」只覺一股涼氣在背脊骨裡亂竄。

候鳥之戀

崔吹風的音樂又變得纏綿悱惻，姜無際悠悠道：「這龍相公倒是有一點古怪，只有春天會留下來，一到秋天就不見蹤影……」

櫻桃妖又悄聲道：「我沒說錯吧，這就是大雁的遷徙習性。」

「總而言之，一年後，碧雲姑娘產下了一名男嬰，屈指算算，今年也該十六歲了……」

「阿彌陀佛！」性圓、花果一起宣唱，聲音卻似有些顫抖。

「產後不久，河南府有個官員來到邙山打獵，碰到了碧雲姑娘，驚爲天人，不分青紅皀白的一定要強占她爲妾……」

眾人都怒視羅奎政。燕行空冷笑道：「官大勢大，一個樵夫家庭當然阻止不了。」

「沒錯。」姜無際淡淡說著。「碧雲姑娘只好把嬰兒交給父親撫養，住進了那官員的家裡，成了六房姨太。說實話，那個大官對她還不錯，但她的心全在龍相公身上，只能表面虛與委蛇，暗地裡卻終日以淚洗面……」

文載道聽得淚眼汪汪，追問著：「那個龍相公難道就此罷休？」

「當然不！翌年春天的某一個晚上，龍相公又來了，無聲無息的出現在碧雲姑娘房內……」

文載道瞠目：「人說豪門深似海，龍相公怎能輕易進去？」

莫奈何唉道：「你怎麼還聽不懂？這龍相公是個雁妖，那個大官可算是惹錯主兒了！」

羅奎政垂首喃喃：「原來如此，原來如此……」

姜無際道：「大家都知道，大雁的習性是終身一夫一妻，誓死不分離。不過這雁妖倒也有一套歪理，他知道自己無法帶給碧雲姑娘榮華富貴，而且他每年只有春天才能來到洛陽，所以便也不反對碧雲姑娘去當大官的姨太太；然而，他每到春天還是定期來至碧雲姑娘的房中幽會，大官家裡的人明明聽見房中有動靜，卻都闖不進去，或者昏迷在房門口……」

文載道又大聲追問：「奇哉怪也！這豈不是跟知府大人家裡碰到的情形一模一樣嗎？」

莫奈何實在受不了了，罵道：「你這腦袋還眞笨！這故事裡說的大官就是羅大人，碧雲姑娘就是躺在這兒的六姨太！」

「原來是這樣哦？」文載道氣憤塡膺的走到羅奎政面前，指著他大罵：「你這狗官恁地無禮！強占民女，拆散良人夫妻，簡直可惡至極！我的腦袋若沒摔壞，將來當上了御史，非參你一本不可！顧兄，你說吾等熟讀聖賢之書的人，是不是應該這麼做？」

顧寒袖嘻嘻笑：「歡迎光臨美夢柏臺！」

文載道便又哭了起來：「顧兄啊……」

羅奎政勉強振作精神：「姜總捕，本府是因為洛陽府內出了殺人的妖怪，才要你負責調查，你卻一味追究本府的過往私事，到底有何居心？」

「知府大人稍安毋躁。」姜無際仍虛弱的坐在椅子上，慢條斯理的說。「今年年初，碧雲姑娘的父親因病過世，所以雁妖這次前來的目的，是要把他們已經十六歲大的孩兒帶走，臨行前，這孩子當然應該要去拜別生母，也因此房內的聲音特別大。羅大人剛才說過，他再也受不了，帶著許多僕人想要闖進去，結果都暈倒在門口；但羅大人剛才沒說的是，醒來後，他氣憤的丟給六姨太一把刀，叫她自己看著辦！」

羅奎政嘶聲道：「當時我只是氣憤難當，並沒有那個意思。」

性圓、花果的喉管裡都發出一陣低沉的顫音，一起朝羅奎政逼近。

燕行空身形一晃，攔在他們面前：「二位還想怎麼樣？」

清瘦的老和尚性圓與小和尚花果在姜無際敘說這件事情的時候，一直垂眉低首，恍若與己無關，但兩人的胸口卻時不時發作劇烈的起伏。

燕行空早就覺察出他倆的異狀，尤其見那性圓的脖子特別長，更起了疑心。

此刻見他倆已快露出本相，便上前阻攔。

性圓嘎聲道：「這個狗官逼死了良家婦女，難道不該以死贖罪？」

羅奎政怒吼：「她分明是被妖怪殺死的！」

「我剛才已經問過死者，六姨太是因爲要跟最珍愛的親人生離死別，以至於傷心自盡而死，並沒有兇手。」姜無際悠悠的看著性圓、花果：「你們可以走了吧？」

羅奎政心中也有了底兒：「他們就是雁妖父子？」

「沒錯！我就是雁妖！」性圓仰面長嘯一聲，緊盯姜無際。「你說碧雲是自盡而死，分明是袒護你的頂頭上司！」

羅奎政也緊逼不放：「你有何證據，碧雲不是被那妖怪殺死的？」

姜無際聳聳肩膀：「俗話說得好：死無對證，但我的調查結果就是如此，信不信由你們！」

只聽梅如是嘆了口氣道：「雁妖，是你錯了！」

性圓怒道：「我有什麼錯？」

「你爲什麼不早帶著碧雲姑娘遠走高飛呢？」

「我無法讓她享受人間的榮華富貴，她若跟著我，就只能一輩子粗茶淡飯。」

「一個女人豈會在乎這些？」梅如是喟嘆。「現在你又要把你們的孩子帶走，使得她生命的最後一點意義也沒了。你一錯再錯，害死了碧雲姑娘。」

性圓胸口如遭鎚擊，連退了好幾步，終於掩面號啕起來。

羅奎政情急大喝：「姜總捕，就算人不是他們殺的，你也應當要捉妖！」

姜無際淡淡一笑：「抱歉，我只管破案，不管捉妖。」

羅奎政兀自嚷嚷不休：「快把他們拿下！」

性圓再也忍不住，尖叫一聲，現出本相，好一隻大雁！雙翼展開怕不有一丈多寬，尖喙銳利得嚇人——萬年道行使得他早把雁類的扁平圓喙練成了尖錐。

羅奎政連聲大叫：「還不快拿下！」但遊目一望，大廳中只有副捕頭鄭千鈞與兩名捕快董霸、薛超——他們早都已驚呆了，顯然派不上什麼用場。

「十六年前，我就該啄死你！」性圓一振雙翼，撲向羅奎政，尖喙直戳他頭頂。

「媽呀！」羅奎政只剩驚呼等死的分兒。

混血異種

但見金光揮灑，燕行空的金斧已劈向雁妖。

「阿彌陀佛！」出聲的是花果小和尚，一掌抓向燕行空後背。

燕行空早有準備，銀盾斜封，擋下了這一掌，只覺這小和尚的勢道勁疾，完全不輸給任何一個武林高手，心下自是駭異非常：「此子不過十六歲，就有這等功力，將來還得了？」

櫻桃妖在葫蘆裡叫道：「這孩子的母親是人，但父親是妖，半人半妖的角色可不好惹！」

莫奈何道：「妳就只會嚷嚷，還不快出來幫忙？」

「你們抓妖，干我什麼事？」

其實櫻桃妖正處在一種矛盾的狀態之中。燕行空等人想要阻止崑崙山洞裡的群妖出世，本來應該是她的敵人才對，但山洞裡的妖魔個個都有萬年以上的修行，她怕他們一旦解除了封印，她這只有七千年道行的小妖就非得處處吃癟不可了，萬一他們也想來奪取莫奈何的元陽，她有什麼能力阻止？

妖是沒有同理心、同情心與同胞愛的，所以基本上她會選擇站在燕行空這邊，但這雁妖的道行顯然比她高出一些，她可不想自找苦吃。

若論雁妖父子的武功都已可算得上是頂尖高手，但他倆雙戰燕行空，卻絲毫討不了好，因爲他倆赤手空拳，怎敵得過燕行空手中專門降妖伏魔的利器？

轉眼數招過後，性圓突地發出一串抖顫雁鳴，花果也以雁鳴回應。

莫奈何心忖：「他們父子倆的交談，眞沒人聽得懂！」

性圓忽然賣個破綻，讓燕行空一斧劈來，他卻猛個騰空而起，躍過眾人頭頂，落在崔吹風身邊，一把抓住了他。

這崔吹風在姜無際說故事的時候，一直都在替他伴奏，等到羅奎政與雁妖開始互相指責詈罵，他就停住了，一直呆在一旁，不料雁妖竟把他當成了目標。

「喂喂喂，你們打架不干我的事！」崔吹風嚇得渾身發抖。

「你跟他們是一伙的！」雁妖的尖喙幾乎要戳進他的眼窩裡去。

「這……這是從何說起呢？」崔吹風都快哭了。

「你爲什麼要把我們的木魚和缽盂藏起來？」

昨夜崔吹風演奏得興起，從花果手上借走了木魚、缽盂，當成伴奏的樂器，後來就忘了歸還。

「那兩樣東西都放在我房裡。」崔吹風囁嚅。「它們有那麼重要嗎？」

燕行空道：「有些妖怪會把精魄鍊在某一個隨身法寶之上，對敵的威力就會倍增！」

「原來如此。」崔吹風忙說。「那我還你們就是了。」

雁妖押著他就往樓上走，燕行空橫身攔住。

「讓開！要不然我殺了他！」雁妖恐嚇。

燕行空冷笑：「這後生跟我們又沒什麼關係，你儘管殺了他，也別想拿回法寶！」

崔吹風絕望嚷嚷：「你怎麼可以這樣？」

「殺妖比較重要，你就壯烈犧牲了吧！」

燕行空起手一斧就朝崔吹風頭頂劈下。

雁妖沒想到他說幹就幹，一楞之餘，下意識的把崔吹風拉到一邊，沒想到燕行空這一斧卻是個虛著，趁著雁妖身形打偏，左手銀盾狠狠一撞，正撞著雁妖右肩。

刑天的金斧、銀盾都是妖魔的剋星，這一撞的力道又何其兇猛，雁妖被撞得半邊精氣頓失，整個身體霎眼之間就只剩下了一半。

花果引吭厲嘯，沒命撲來；燕行空手腕一翻，掉轉過斧柄，往他背上一戳，使得他頹然仆地不起。

燕行空二話不說，跨前兩步，一斧砍在雁妖的頭顱上，可憐他將近萬年的修爲就此化作一灘血水。

花果連聲絕叫，還想起身拚命，燕行空已走了過來，又一斧朝他砍下。

人影一閃，梅如是已雙臂展開的擋在花果身前。

燕行空怒道：「妳幹什麼？」

「燕大哥，雖然他半人半妖，但仍可算是個人類，我們就這樣殺了他，還談什麼解救人類的命運？」梅如是話說得沉緩，神情卻異常堅決。

「妳這是婦人之仁！」

莫奈何當然是梅如是的支持者：「燕大哥，這孩子昨晚喪母，今日又喪父，境遇堪憐，你就放了他一馬吧。」

姜無際依舊虛弱的坐在椅子裡，笑道：「大家都稱你為大俠，你忍心殺一個毫無還手之力的人嗎？」

燕行空忍怒道：「他也可算是個妖怪，你們怎麼都替他求情？」

大難不死的崔吹風躲在屋角裡，指著燕行空嘟嘟囔囔的罵著：「誰像你這麼沒人性！」

羅奎政這時才回過神來，囔囔：「這個小妖精非殺不可，若把他留下，將來必定是個禍害……」

他話還沒講完，就雙眼翻白的暈了過去，原來是文載道從後面舉起一把椅子砸在他頭上，終於一吐「熟讀聖賢之書者」的怨氣。

遺禍千年

花果畢竟被放走了。

他只是低著頭，像個乖巧的小和尚一樣的走了。

沒有憤怒的語言與神情，甚至沒有對眾人投過一瞥怨恨的眼光。

但每個人的心底都沒來由的泛起一陣寒意。

燕行空嘆道：「但願你們今天的仁慈，不會撒下日後禍亂的種子。」

姜無際似乎很滿意這種結局，他癱在椅子裡打了個呵欠：「趁著知府大人還沒醒過來，你們快走吧。」

自瀆狂的下場

提壺道人這會兒的膽子可變大了，冷笑著說：「你這捕頭根本滿嘴胡說八道，可笑大家卻都被你糊弄得團團轉！」

「道長何出此言？」

「你說六姨太是自殺身亡，根本毫無證據、信口雌黃！」

「關於這一點，我也無法多做解釋。」姜無際有氣無力的說。「但是，六姨太與知府大人、雁妖、花果的過往，我可有說錯？他們當事人都承認了！」

連櫻桃妖都無法知曉的那些屬於個人的隱私，他又怎能在半分鐘不到的時間內就調查得一清二楚？難道他眞的能審鬼？

眾人不能不服。

提壺道人卻仍咄咄逼人：「那你說，我這三個徒弟是怎麼死的？」

姜無際瞪向莫奈何：「聽說他們經常欺負你，所以你最有理由殺死他們！」

急得莫奈何跳腳嚷嚷：「你別冤枉好人！」

「小兄弟，逗你玩的！」姜無際失笑。「他們的死因很清楚，剛才嚴洛王大夫不是已經說了嗎？他們都是脫陽而死，並沒有兇手。」

「你亂講！三個男人同一間房，怎會同時脫陽而死？」

「你是他們的師父，應該知道他們的惡癖？」

「打手銃！」莫奈何搶著說完，才發現大家都瞪著自己，忙把頭縮到肩膀裡去。

提壺道人滿臉尷尬：「他們雖然……但也不至於……爲何會……？」

姜無際邪淫的雙眼又瞟向了梅如是：「昨夜，梅姑娘回房之後在房內洗澡，卻不知房外躲著幾個色鬼偷看……」

梅如是臉色大變，怎麼會一直碰到這種倒楣事兒？

提壺道人強聲道：「這又是死無對證的胡亂指控！你有何證據？」

「這嘛，倒有一個現成的人證！」姜無際笑道。「昨晚躲在外面偷看的，一共是四個人！」

梅如是立刻瞪向莫奈何。

莫奈何嚷嚷：「別看我！不是我！我跟妳表哥睡在一起！」

顧寒袖嘻嘻笑：「歡迎我們睡在一起！」

姜無際嘆了口氣，道：「嚴大夫，你還不想承認嗎？」

原來洛陽第一名醫嚴洛王也有這種惡癖！昨夜他藉著聽曲之名，遲遲不回家，原來就是想要偷看梅如是入浴。

嚴洛王渾身冷汗直冒：「你……你到底是怎麼知道的？」

「我還知道你後來跟他們說了些什麼。」在眾人眼裡，這姜無際簡直比妖怪還要妖異！

嚴洛王只得實話實說：「我當時就發現他們手足逆冷、心慌、氣短、頭暈、昏迷、脈細數，出現幻覺、幻視、神智異常、呢喃亂語、蜷臥神疲等現象，我叮嚀他們要注意，不料他們回到自己房間還是忍不住……唉，這我就沒辦法了！打手銃打到脫陽而死，可眞是千古奇譚！」

姜無際又打了個呵欠：「提壺道長，你還有什麼疑問嗎？」自顧自的喃喃：「剛才不是說好了，我若破了案，就有人要陪我共度春宵？」朝梅如是擠眉弄眼了一番，卻沒得著任何回應，只索摸摸鼻子作罷。

燕行空忍不住道：「姜總捕，色字頭上一把刀，我看你未老先衰，還是節制一點的好，否則壽命難以長久。」

姜無際笑道：「這本來就是我的休眠期，跟那碼子事兒無關。」

什麼休眠期？難道他竟是爬蟲類變成的妖怪？

眞是謎一樣的、色中餓鬼一樣的、邪淫無比的天下第一神捕！

「鄭千鈞，去準備一輛快馬馬車。」姜無際朝眾人一拱手。「我只能送你們到岐山，再過去就要折往西北方向，那是一片沙漠，你們只能自己想辦法了。」

顧寒袖嘻嘻笑：「歡迎光臨美夢沙漠！」

文載道又忍不住哭了起來：「顧兄啊……」

崔吹風可又起勁了：「英雄壯行，作曲的好題材！」

燕行空等人出到門外，還可以聽見姜無際在廳內喃喃不休：「居然放過了那樣的美女，可惜啊可惜！」

烈日荒漠

頂著河南府捕房的頭銜還眞有點用，馬車一路通行，都沒碰到什麼麻煩。

不過，自從有了洛陽的教訓之後，他們再也不敢在城市中落腳，燕行空跟負責運送的兩名捕快董霸、薛超要了一條鐵鍊，套在顧寒袖的脖子上，一到晚上就把他鎖起來，免得他又到處去抓人來吃。

到得岐山，董霸、薛超如釋重負：「你們買幾匹駱駝繼續前進吧。」迫不及待的走上回頭路。

燕行空等人在市集上買齊了各種用品，爬上駱駝背，行向兇險的大漠。

梅如是生怕再節外生枝，打從出了洛陽就一直裝扮成男人。她與顧寒袖同乘一匹駱駝，發現他在大太陽下居然一直發抖：「表哥，你怎麼啦？」

「歡……歡迎光臨……不，我想回到美夢小鎮。」

「表哥，我們是想幫你找回一件東西，你一定要撐住！」

看來，愈接近百日的臨界點，人類的溫情在他身上就消失得愈快，但艱苦的路程才剛開始，即將面對的荒漠甚至比最兇惡的妖怪還會吞噬人類。

梅如是仰面向天，焦焚的心情正如同天上的烈陽。

少年道士的煩惱

首日旅程在渾身黏膩的汗水與沙塵中結束。

夜幕低垂時，他們在曠野中生起一團火，圍著火堆休息。

顧寒袖被鎖在一塊大石上，他已經變了臉，喉管裡發出「虎虎虎」的聲音，向眾人齜著獠牙。

葫蘆裡的櫻桃妖不爽的發話道：「都是他害得咱們餐風露宿，還帶著他幹什麼？」

莫奈何敲敲葫蘆，示意她閉嘴。

櫻桃妖哼道：「我偏要說，你怎麼樣？」

莫奈何往葫蘆內倒了一杯水，使得櫻桃妖咳個不停。

莫奈何跑去抓了幾隻活的小野獸回來，討好的遞給梅如是：「別讓他餓著了。」

梅如是轉過臉去，根本連看都不看他。

打從那夜櫻桃妖說出鯰魚妖的地洞裡發生了什麼事情之後，梅如是就連正眼也不瞧他一下。

莫奈何雖不盡知姑娘家的幽微心事，但再笨也猜得著她的芥蒂所在。

他很想把整件事情解釋清楚，卻不知如何開口。

「梅姑娘，其實我看著妳全身光溜溜的時候，心裡根本沒有半絲邪念」？

「梅姑娘，其實我幫妳穿衣服的時候，我的手根本沒有碰到妳的皮膚」？

「梅姑娘，其實我真的很喜歡妳，但我不會趁火打劫」？

這種話說得出口嗎？真是！

莫奈何煩惱得要命，像一隻被線團裹住的貓，有一種若不能理清紛亂就乾脆去死的衝動。

就寢前，燕行空四面巡視了一回，順便帶了三隻肥大的田鼠回來。

梅如是可不一樣了，感激的低聲道謝之後，便用活物去餵顧寒袖，一面溫柔的跟他話著家常：「表哥，從家裡來的時候，六姑婆託我帶了一袋你最喜歡吃的牛舌餅，我一直放在行囊裡，等你好些的時候，再拿給你吃……」

顧寒袖只會吼吼作聲。

梅如是又道：「三叔的那頭大母豬，你還記得吧？開春的時候又生了十八隻崽子，柱子他們每天忙得要死……三叔說，等你回去，要辦個乳豬宴……你家門口的梅花今年開得好漂亮，大家都說是喜兆……」

莫奈何躺在火堆的另一邊望著他倆，心中幻想著梅如是正對著自己溫言細語，但另一方面又明白那只是讓自己痛苦的源頭而已。

懷著如此矛盾的心情，沉沉走入近來都不怎麼甜蜜的夢鄉。

尋寶圖

火堆前的眾人都睡著了，只有顧寒袖還在躁動不休，他忽然興奮的瞪大眼睛。

一雙腳悄悄走近火堆。

是破城虎。

他一步一步的走向梅如是。

就在他快要伸手可及的時候，忽然一道金光閃起，燕行空一斧劈了過來。

破城虎忙拔刀招架。

顧寒袖又跳又叫，像隻大狒狒。餘人也都醒了。

梅如是怒吼：「你這惡賊！」想要衝過去和破城虎拚命，被莫奈何攔住。

破城虎的大夏龍雀雖然鋒利，卻削不斷燕行空的金斧，更砍不開那銀盾，不出十幾個照面，就被殺得節節敗退，他忽然往後一跳，一把抓起莫奈何的葫蘆，放在火堆的上方。

莫奈何驚叫：「不要！」衝上前去想搶葫蘆，被破城虎用刀背在他腦袋上一敲，痛叫倒地。

破城虎奸笑：「這裡面的小東西怕火，對不對？」

燕行空沉聲道：「你想幹什麼？」

「把地圖交出來！」

燕行空等人都一楞：「哪有什麼地圖？」

破城虎冷笑：「我終於擺脫了項宗羽那小子的追擊之後，就一直在跟蹤你們，你們的一舉一動都落在我的眼底，休想有所隱瞞，就是你們一路上都在看的那個東西！」

梅如是沉思片刻，方才搞懂他意之所指。「原來你是要這個？」從懷中掏出《山海經》，拋了過去。

顧寒袖撲撲跳：「書！書！」

破城虎接了書，把葫蘆丟在火裡，快步逃離。

莫奈何忍痛撲入火中，救出葫蘆，拔開塞子，櫻桃妖從葫蘆裡鑽出，號啕大哭：「好可怕哦，嗚嗚嗚……」

莫奈何安慰著：「沒事了……沒事了……」

櫻桃妖看見莫奈何被打腫的頭和被燒傷的手，感動的抱住莫奈何的脖子：「莫奈何，你對我最好了！」

一人一妖相擁而泣。

燕行空肚內暗笑。

梅如是望向兀自「虎虎」怪叫的顧寒袖，暗自神傷。

破城虎的發財夢

破城虎眞的以爲自己就快發財了，他坐在一塊大石頭上讀《山海經》。

「華山之首，曰錢來之山……哈哈……錢來之山？原來他們是在尋寶？」破城虎興奮的往下唸：「其上多松，其下多洗石，洗石是什玩意啊……水字旁怎麼少了一點？有獸馬……不，有獸焉，其狀如羊而馬尾，名曰……什麼羊啊？其脂可以……可以什麼啊……？」

破城虎氣悶的把書丟出老遠：「爲什麼小時候不多認些字呢？」

這時他突然嗅到一股極其難聞的味道，就像是一個陳年糞坑正朝自己移動過來。

破城虎摀著鼻子跳起，卻見疲憊不堪的芝麻李渾身骯腥的走了過來。

他在燭陰的大腸裡折騰了二十多天，被那一串又一串的排洩物弄得人形盡失，連妖的形狀都差點難以保全。

破城虎被臭退了好幾步，嘲笑的望著他：「原來妖怪也有落難的時候？」

芝麻李實在走不動了，坐倒在地，望著赤陽，猛擦汗，邊還強嘴哼道：「我死不了的！」

破城虎從馬鞍上取下一個水袋，咕嘟咕嘟的喝了幾口水，然後就把水袋隨手一丟，袋中沒喝完的水都流到地上去了。

芝麻李貪饞的望著那些水，惱在心裡。

破城虎悠悠的道：「你老實說，燕行空那些人是在追你，還是在尋寶？」

「你眞是財迷心竅，難道還要我把那件事情再說一遍？」靈活的浣熊妖最受不了的就是這種怎麼教也教不會的蠢蛋。「他們的目的早就說得很清楚了，他們自以爲是人類的救星！」

「原來沒有寶藏？」破城虎失望了半刻之久，心中又有了別的想頭，拿起一個水袋搖晃著。「我們來談筆生意，等你的老大魔尸出世後，我要當人類的王！」

芝麻李暗自奸笑，有著終於讓對手入彀的快感，臉上卻掛出誠懇的表情：「我當然可以幫你大力推薦、大肆吹噓一番。」

破城虎丟了個水袋給他，芝麻李連忙大口喝水，以沖淡塞滿了肚子的穢氣。

破城虎吹聲口哨，他率領的馬群立時越過沙丘，疾馳而至。

兩人上了馬背，向西奔行，還沒走出數里，就見一隊輕騎兵迎面而來，陣呈半月，攔住了他們的去路。

「這……這又是什麼情形？」剛剛脫出燭陰肛門的芝麻李，又有了再入虎口的不祥預感。

歸義軍

自從唐朝中葉安祿山之亂以後，唐軍勢力大衰，這片幾十年之後有了個新名字「甘肅」的荒原地區就成爲無主的疆域，吐蕃、回鶻、突厥、党項羌……各族時來時去、時爭時棄。

距今一百六十一年前，一個名叫張議潮的敦煌人糾集族中少壯，編練成軍，趕走了吐蕃，收復蘭州、肅州、甘州、瓜州、沙州、伊州、西州等地，並遣使獻河西十一州的圖籍給當時的天子唐宣宗。

宣宗大喜，封他爲「歸義軍」節度使。

從此，這「歸義軍」就有若一個獨立的王國，表面上雖奉大唐正朔，其實誰都管不著。

距今九十一年前，屬下的沙州長史曹議金崛起，取代了張氏，成爲歸義軍的領袖，而後又幾經遞嬗、兵變，現在的首領名叫曹宗壽，是個野心勃勃的傢伙，獨霸河西走廊是他最大的願望。

當破城虎、芝麻李被帶到他大帳前面的時候，他正與手下的將領們籌畫著攻打鄰近「夏國」的戰略。

「令公，抓到了兩個奸細！」巡邏隊的小隊長上前邀功。

年近五十的曹宗壽身材保持得很好，顯然沒有荒疏馬背上的功夫，這是想在這個地區稱雄的條件之一；條件之二就是殺人不眨眼，他連頭都沒抬，很快的拋出一句：「拖出去砍了！」

這話可讓破城虎老大不爽，喝道：「老子只是想來看看你是個什麼樣的貨色，你居然敢殺我？」

帳前侍衛見他如此囂張，齊發一聲怒吼，奔上前來，刀斧齊下。

「老子手正癢哩！」破城虎哈哈大笑，反手拔出背上寶刀，只一輪轉，便剖開了三個人；再一揮灑，又劈碎了兩個人。

「嘗嘗我的獨霸天下！」破城虎猛一踏步，刀氣滾滾噴出，侍衛們的十七、八柄兵刃齊斷，手腳頭顱也到處亂飛。

曹宗壽與手下的大將都看傻了眼，楞呆在當場；浣熊妖芝麻李更是受不了寶刀的鋒銳之氣，早躲到身穿鐵甲的侍衛身後去了。

破城虎迎著陽光，持刀傲立，渾若魔神降臨。

卻聽一個顫抖的聲音驚呼道：「大夏龍雀！他手裡的那把刀是大夏龍雀！」

發話者是一個隨軍的胡巫，名叫鳩仁來，等到他驚詫的嘴巴闔攏之後，竟然倒頭便拜！

隊伍中有些貌似胡人的兵卒也即刻扔了兵器，匍伏在地。

這下該破城虎楞住了：「這是怎麼回事？」

芝麻李悄悄挨到他身邊，低聲道：「他們似乎都很怕這把刀！」

破城虎雖然粗鄙無文，但記性還不差，那日聽得梅如是說起此刀來歷，還約略記得一些，便即大聲道：「你們倒還識貨，這就是『大夏天王』赫連勃勃親自督造的大夏龍雀！」

隊伍中有更多人拜倒了！

原來，大夏天王赫連勃勃雖然是六百多年前的匈奴人，但世居於此的各個民族，早已把他當成這片區域的聖主與精神象徵。

大夏滅亡後不知多少年，一個神祕的傳說逐漸在這地區悄悄的流傳開來，說是將來會有一個天神，手持大夏龍雀降臨世間，率領各個民族重建大夏，一統天下。

如今，這天神終於來了！當然得要大大的擁護、崇拜，口呼「天神」不休！

破城虎雖不明白其中原由，但眼見這麼多人把自己當成了神，再笨的人也會打蛇順棍上，忙把身子挺得更直，高抬下巴，裝出一副屌模屌樣。

跪倒的士卒愈來愈多，曹宗壽的臉色則是愈來愈難看，暗想：「這要怎麼收場呢？」

曹宗壽並不相信這個傳說，但他改變不了眾人之心，只得暫且隱忍，然後再伺機而動。打定了如此算盤，他便也裝模做樣的上前拜了幾拜，朗聲問道：「敢問天神是『大夏天王』的什麼人？」

破城虎一挺胸膛：「老子叫赫滿天！」

在場的千萬兵卒全都一楞：「赫滿天？」

芝麻李低聲提醒：「笨蛋，赫連是複姓！」

破城虎假裝咳嗽一聲，改口道：「老子叫赫連滿天！」

「赫連滿天！赫連滿天！」

這片荒原上，好久沒有響起這般如雷的歡聲了。

天王與軍師

一個時辰以後，破城虎與芝麻李悠哉的蹺著二郎腿，坐在歸義軍的大帳內，享受著曹宗壽與眾將奉上的烤羊腿與馬奶酒。

「令公，這肉的滋味還可以吧？」

「令公，這酒還行吧？」

眾人的殷勤詢問，讓破城虎有點不耐煩，尤其那一聲聲的「令公」，更讓他吃不消：「別再叫我令公了，好像在敲鈴鐺，叫我天王！」

「令公」本來是古代對「中書令」的敬稱，到了唐朝末年，朝廷為了羈縻割據各地的武將，多半會給他們加上中書令銜，從此「令公」就成為對於大將的尊稱。

「是是是，天王！」曹宗壽皮笑肉不笑。「敢問天王對於天下大勢有何看法？」

破城虎呆了呆，心忖：「要糟！」

卻聽芝麻李不慌不忙的說：「中原是『大宋』，北有『大遼』，東北有『高麗』，南方有『大理』、廣南西路的『儂氏』、安南的『黎朝』，西方嘛，當然就是『歸義軍』跟崛起不久的『夏國』了，若還要算，遠在千里之外的『黑汗國』也可算是一個強國。」

破城虎暗鬆一口氣：「還好妖怪讀過書！」

曹宗壽凝目道：「還未請教這位是？」

破城虎笑道：「他是我的軍師，叫他芝麻李就好啦。」

「是，軍師大人。」曹宗壽繼續追問：「我們歸義軍勢力尚弱，所以當急之務應該是？」

「當然先要打垮那個最鄰近的夏國！」

一句話卻正敲在曹宗壽的心坎上。

這夏國是由党項羌族建立的。党項羌族人自古以來散居各處，直至幾十年前才逐漸凝聚成爲一股新興的勢力，成爲歸義軍的心腹大患。

「軍師大人可知夏國的虛實？」

面對著著進逼的芝麻李心想：「你們人類的事兒，盡問我妖怪幹什麼？簡直莫名其妙！」嘴上說道：「夏國國主叫作……李德明，是吧？聽說他們驍勇善戰，你們恐怕不是對手！」

「軍師又說該打，又說我們打不過，那要如何？」曹宗壽皺眉不悅。「剛剛斥堠來報，夏國大軍已進駐老虎山，顯然近日之內就要與我們開戰！」

芝麻李暗道：「最好殺光你們這些王八蛋！」面上笑著：「這有何難？」

曹宗壽大喜：「願聞其詳！」

芝麻李尋思：「要聞什麼？聞我的臭屁啦！」一時之間卻哪裡想得出什麼辦法？忽然

靈機一動，信口胡謅：「據我所知，党項羌人既也用『夏』爲國號，想必也跟這地方的其他族人一樣，奉『大夏天王』爲聖主？」

党項羌的先祖拓跋思恭在唐朝末年因平定黃巢之亂有功，被封爲夏州節度使；百年後，大遼的皇帝又冊封當時的首領李繼遷爲夏國王，這才是夏國國號的由來。不過芝麻李也沒完全說錯，党項羌的發跡地夏州，即是當年赫連勃勃親自督造的首都「統萬城」，因此大夏天王在他們心目中仍有一定的分量。

曹宗壽沉聲道：「軍師的意思是？」

「你們這兒一定有夏國的俘虜，把他們放回去，讓他們把大夏龍雀的消息告訴他們的同胞，他們的軍心想必會因此浮動！」

曹宗壽高興得跳了起來：「軍師眞乃天縱奇才、諸葛再世！」

我要當皇帝啦！

夜闌人靜，破城虎和芝麻李仍在大帳中暴飲暴食。

破城虎喝光了第二十七罈馬奶酒，終於有了決定：「我不用跟你去崑崙山了。」

「爲什麼？」芝麻李打著飽嗝，還沒意識到事態的嚴重。

「我在這裡就可以當皇帝，等我統一了河西，再進軍中原，再橫掃全世界，我就是全人類的主子，何必再要去求你的老大魔尸呢？」

芝麻李楞呆了半刻鐘，冷笑著一點頭：「那就隨你的便吧，我可不奉陪了。」

芝麻李起身就走，卻只聽「嗆」地一聲，大夏龍雀已橫在他面前。

芝麻李嚇得連退十幾步：「你想幹什麼？」

破城虎哈哈大笑：「現在我已經知道你們妖怪的弱點，我這寶刀就是你們的剋星！」

芝麻李心中暗罵，臉上卻連連諂笑：「虎大哥，我可沒得罪過你吧？你走你的陽關道，我走我的獨木橋，將來見了面，還是好朋友嘛！」

「誰跟你好朋友？」破城虎板起一張臭臉。「把那裝著一萬條人類靈魂的彩罐交給我！」

芝麻李大驚失色：「你……要那彩罐幹什麼？」

「你眞蠢！我怎麼會讓你把洞裡的妖怪統統放出來？如果他們全都跑了出來，我還搞個屁啊？」

芝麻李這時才發覺，他一直認爲破城虎是個笨蛋，其實自己比他還笨！

他萬分不情願的交出了彩罐，呆站在那兒，不知接下來該怎麼辦？

破城虎笑道：「那個姓曹的很看重你，你想留下來繼續當軍師，我也不反對；但你若想挖我的牆腳、拆我的臺，或想偷回這罐子，我保證大夏龍雀會把你的精魄切成十萬零八千片！」

西夏王國

燕行空一行人騎著駱駝進入夏國的首府「興州」。

這個二十九年後才正式建國爲「大夏」，被中原稱爲「西夏」的國家，舉國上下人人皆兵，連八歲的小男童腰間都插著短刀。

燕行空等人在大街邊的一個茶棚暫且歇腳。

旁邊有塊空地，幾個小孩正玩著摔角，稚嫩的呼喝、喘息之聲不斷傳來。

「連幼童皆尚武，這個國家將來可不得了！」燕行空慨嘆。

但見一個小孩獨自一人靜靜的坐在一旁，抱著一本書，埋頭苦讀。

「啊，有書！」顧寒袖顚顚顚的跑過去。「你在讀什麼？」

眾人生怕他把那小孩吃了，趕緊圍上前，隔開兩人。

梅如是見那小孩讀的竟是《詩經》，笑道：「詩三百，一言以蔽之，思無邪。小哥兒坐在這兒讀書，完全不受別人影響，當眞是思無邪了。」

顧寒袖道：「小子何莫學夫詩？詩可以興，可以觀，可以群，可以怨，邇之事父，遠之事君……」

小孩十分興奮：「哇，你們都好有學問！都是從中原來的吧？」說得一口流利的漢語。

梅如是對他頗有好感：「小哥兒怎麼稱呼？」

「我叫嵬理，今年七歲。」小孩口齒清晰的回答。「漢字姓名李元昊，或者趙元昊，都可以。」

莫奈何不解：「怎麼又姓李、又姓趙？」

「這都不是我們本來的姓，都是中國皇帝賜的姓。」

梅如是恍然：「唐朝賜姓李，大宋賜姓趙，這位小哥兒必是夏王的宗室。」

他們若知道，二十九年後這個小孩會成爲西夏的開國皇帝，恐怕會驚得吐出舌頭。

其他的小孩都湊攏來：「他就是我們國主的大兒子！」

莫奈何道：「所以你們不敢跟他摔角？」

小孩們道：「我們都摔不過他，他在等大孩子來摔！」

正說間，一名少女急急沿街走來，長得是貌美如花，嗓門卻大得嚇人，人還離得老遠，叫聲就震得大家耳鼓生疼：「嵬理，你又死到哪裡去啦？」

「姑姑，我在這裡！」李元昊一邊不忘向眾人介紹：「那是我姑姑，李百合、趙百合，隨你們叫；我喜歡姓李，她喜歡姓趙，都一樣。」

「原來是夏國公主。」眾人等她近前，一起行了一禮。

趙百合猛然看見一群中原人站在面前，先是楞了一楞，繼而趕快把頭一低，嬌滴滴的還了一禮，低聲道：「免禮。」聲音細得像蚊子叫。

李元昊笑道：「姑姑，妳說什麼？人家聽不見。」

「免禮。」仍然像小鳥啄蘿蔔，頭垂得更低、聲音更小。

「姑姑，人家聽不見嘛！妳用平常的聲音說話好不好？」

趙百合沒好氣的擰了李元昊的耳朵一下，悄聲道：「你懂什麼？中原姑娘就是要細聲細氣、嬌嬌滴滴的，才能夠算是知書達禮的大家閨秀。」

這話眾人可都聽清楚了，笑在肚子裡。

顧寒袖道：「歡迎光臨美夢閨秀。」

趙百合斜著眼睛睨了他一眼，臉上竟浮起一片紅暈，拉著李元昊的手就走：「你爹在找你，快回去！」

臨走前，又瞟了顧寒袖好幾眼。

「看來這夏國國主漢化甚深。」燕行空道。

「只是那百合公主有點漢化過了頭。」莫奈何道。

一行人說說笑笑的找了間客棧，才剛住進去，就見幾個頭梳雙辮的騎士快馬奔到大門口，嚷嚷：「國主有請中原來的夫子進宮！」

國主有禮

夏國國主李德明今年二十九歲，有著武夫的體魄，以及比武夫精細許多的頭腦。他周旋於當前的兩大強國——大宋、大遼之間，不卑不亢、不慍不火，還有餘裕在陝甘一帶擴充自己的勢力。

多讀書，是他對兒子的要求，免得將來糊裡糊塗的就失去了江山。

燕行空等人剛進入簡樸的王宮，他就滿臉堆笑的迎了上來：「適才聽犬子說起，各位都是滿腹經綸的中原學者，有失遠迎，望乞恕罪！」

「國主太多禮了。」眾人齊答。

燕行空暗犯嘀咕：「到底想找我們幹嘛？」

莫奈何則鬆了口氣：「既然說到滿腹經綸，就沒我的事了。」

李德明有著塞外漢子的爽快，不繞彎子不囉唆，望著梅如是、顧寒袖：「本王想請二位夫子當犬子的師傅。」

梅如是此時做男子裝扮，自然被當成夫子看待。

燕行空忖道：「怎麼又生出這等鳥事？這麼一攪，我們什麼時候才到得了崑崙山？」

李德明決不拖泥帶水，馬上吩咐下去：「顧夫子、梅夫子既爲太傅，其餘諸位也都是貴客，快開國宴款待！」

眾人又是一呆：「國宴應該都會進行到晚上，顧寒袖這殭屍不就露相了？」

好糟糕的國宴

大夏國宴的烤全羊遠近馳名，奉命做陪的夏國群臣都吃得滿口生津，但燕行空等人卻食不下嚥。

大家的眼睛都緊盯殿外，望著那日頭一點一點的向西沉落，心也跟著一起往下沉。

「等下天黑了怎麼辦？」

顧寒袖則一直摀著鼻子，不願嗅到熟肉的味道。

李元昊人雖小，心卻細，大叫：「顧太傅吃素，快去準備素齋！」

梅如是強笑道：「顧太傅也不吃素，他只是累了，沒胃口，最好早點下去休息。」

李元昊的母親衛慕氏也出來做陪，笑著說：「按照本國的習俗，晚宴要一直進行到半夜才算數。」

「半夜？」莫奈何暗想。「天一黑，這大殿上就要鬧翻天啦！」

眾人的心裡一共想了一萬多個藉口託詞，卻沒一個能用得上。

李元昊笑嘻嘻的拉起顧寒袖的手：「顧太傅，隨我來一下。」

眾人還沒來得及阻攔，顧寒袖已乖乖的跟著李元昊進入後宮。

「這可怎麼辦？」梅如是憂慮、燕行空瞠目、莫奈何只有猛搔頭皮的分兒。

殭屍婚禮

眼見日影一寸一寸的耗去，燕行空心下焦躁：「顧不得許多了，只有翻桌走人！」

但聞大殿外宮女齊發一聲喊：「新娘子來了！」

緊接著就見一位頭戴鳳冠霞帔、紅色蓋頭的女子，在嬪妃、侍婢的簇擁下，很小步很小步的走上殿來。

「為什麼會來了個新娘子？」眾人不解。

那新娘子本還羞人答答、忸忸怩怩的走著，大約是不習慣這種走法，行兩步磕一下，趄三步絆一蹶，弄得蓋頭都歪了，露出半邊臉來，卻是李德明的親妹妹趙百合。

趙百合從小受到父親李繼遷的調教，仰慕中原文化，看著自己本族的野漢子就不順眼，發誓非嫁中原郎不可，連婚禮的儀式也要遵行漢禮。

燕行空等人心忖：「原來是夏國公主要嫁人，卻要我們當觀禮的貴賓，只不知哪個新郎這麼好福氣？」

又聽殿外傳來一陣喳呼：「新郎就位！」

眾人睜眼望時，卻見顧寒袖笑嘻嘻的穿著大紅袍服，在李元昊的陪伴下，喜氣洋洋的走了上來。

這一下有若五雷轟頂，轟得眾人全都呆掉了。

趙百合居然想嫁給這個到了晚上便要吃人的行屍？活膩啦？

梅如是一口氣憋在心裡，霍地站起，高聲道：「啓稟國主，漢人婚禮不是這般辦法，必須具備『三書六禮』，即是聘書、禮書、迎書，並要經過納采、問名、納吉、納徵、請期和親迎等程序，怎可如此草率？且讓吾等先行退去，好好的置辦一番……」

李德明擺手道：「無妨！無妨！舍妹喜歡這些繁文縟節，男方可就不用如此。依本族的風俗，男女若是情投意合，常常在野地就完事了，哪還有時間搞什麼三書六禮？」

大臣們哈哈大笑：「對啊，我們的新婚不都是在野外完事的？」

最後一絲陽光已然隱去，大殿上的燈火雖早已燃起，但不管用，穿得滿身紅的顧寒袖，臉已漸漸發青、牙齒已慢慢變長、眼珠子也開始滲出想吃人的血絲！

燕行空趕忙站了起來，厲聲道：「既要行此大禮，就不能草率苟合，貴國君臣這般輕賤婚禮大典，吾等萬萬無法苟同！」

李德明頓時翻臉，猛地一拍桌面：「我看你們一直都在有意推託！怎麼著，難道我的妹妹竟配不上那個窮酸？」

燕行空低聲提醒同伴：「事急了，只好一起衝出去！」

眾人正要動作，卻聽一片兵馬嘈雜之聲由外傳入。

李德明矍然跳起：「什麼事？」

一名將領渾身血污的奔上大殿。

群臣驚問：「野利錫格，你不是在『老虎山』嗎？」

名喚野利錫格的大將欲哭無淚：「歸義軍那邊來了個名叫赫連滿天的天神，手持大夏龍雀，弄得我軍將士全無鬥志，一戰即潰，我……只好率領殘部退了回來！」

夏國群臣面面相覷：「天神果真降臨了？」

李德明沉聲道：「歸義軍主力現在何處？」

「已由那個天神率領著殺到城外！」

破城虎破城

當李德明登上城樓的時候，興州已被包圍起來，歸義軍人手一支火把，照耀如同白晝。

破城虎一馬當先，揮舞著大夏龍雀，一邊嚷道：「我乃『破城虎』赫連滿天，奉了大夏天王赫連勃勃之命，下凡來重建大夏，大家都要聽從天神聖主的命令，將來就能夠一統天下，吃香的、喝辣的、住好的，要幾個美女就有幾個美女！」

胡巫鳩仁來一直跟在他身後，嘟嘟囔囔的嚷著些咒語，無非是替破城虎擔保的意思；

在老虎山被擊潰的降卒也大聲向城上的兵士勸降。

夏國守軍都忍不住竊竊私語：「流傳了幾百年的傳說當然都是眞的……我們的好日子要來了……」

動搖的軍心散播得比最兇猛的瘟疫還要快，守城的兵士們開始退縮、逃跑、投降……李德明揮刀斬了幾名臨陣脫逃的兵卒，仍喝禁不住，城門已被降兵打開，歸義軍潮水般湧了進來。

燕行空等人在一片混亂中，出了側門，眼見城外也是兵逃民散，歸義軍肆行擄掠，見人就殺。

燕行空心知帶著顧寒袖、梅如是等人，決計無法強行突圍，只得找了個廢棄的碉堡，暫且安身，邊自苦笑著說：「沒想到大夏龍雀還有這等功用？」

莫奈何道：「聽他剛才的說法，難道他竟想當皇帝？」

梅如是切齒道：「那狗賊喪盡天良，不得好死！」

卻聞堡外一個大嗓門哇哇叫著：「你們歸義軍這些兔崽子不得好死！」

又聽一個小孩子的聲音道：「姑姑，別嚕呼了，我們赤手空拳的怎麼行？先去找一些兵刃再說！」

竟是趙百合與李元昊！

燕行空把他倆拉入堡中；莫奈何則隨手取了個麻布袋，套在顧寒袖的頭上，免得他露相。

趙百合見是他們，一楞之後，頭又變低了，聲音也變小了：「諸位眞是福大命大，我還以爲你們沒逃出來呢。」

梅如是道：「夏王宗室只逃出你們二人？」

趙百合止不住垂淚：「我只顧著蒐理，其他人都不曉得怎麼樣了？」

燕行空從箭孔觀察著外面的情況：「現在外頭兵荒馬亂，等風聲過了再做計較。」

李元昊伸手就想去拔燕行空插在腰間的短劍：「我去殺了那些賊人！」

趙百合也想取燕行空的金斧，卻提不起來。

梅如是忙把他倆隔開：「逞強鬥狠，無濟於事，徒然送死而已。」

趙百合哭道：「國破家亡，我們還活著有什麼意思？」

李元昊也哭著：「覆巢之下無完卵，我只想跟父兄們一起拚命！」

梅如是頗爲同情他們的遭遇，急道：「燕大哥，我們有沒有辦法幫他們一個忙？」

燕行空皺眉不耐：「我們還有正事要辦，哪裡管得了這許多？等外頭稍一平靜，我們就走人！」

梅如是強聲：「難道我們要見死不救？」

「事有輕重緩急，哪件事比較重要？」

「近在面前的人，當然最重要！」梅如是有女性的堅持。

「恕我無法！」燕行空更不退讓。

一旁的莫奈何可按捺不住了，他一則想要迎合梅如是，二則禁不起趙百合、李元昊二人哭哭啼啼，血氣之勇又止不住翻湧上胸腔：「他們不幫算了，我幫！」挺著胸膛、揹著葫蘆大步走出碉堡。

梅如是暗忖：「小莫哥雖沒本領，卻最富有俠義心腸！」對莫奈何又多了幾分敬佩。她雖然一直不理莫奈何，其實對他並無惡感，只是每一念及鯰魚妖那碼子事兒，就覺得羞於跟他面對面。

狐假虎威的莫奈何

卻說莫奈何才一出門，冷不防亂箭射來，差點射中他面門，嚇得跟個冬瓜一樣的滾倒在地。

櫻桃妖從葫蘆裡冒了出來，罵道：「你什麼都不會，還想強出頭，你能幫他們什麼忙？」

莫奈何道：「我當然有辦法——這兒的人都把大夏龍雀視爲聖物，所以只要能夠偷到那柄刀，就可以號令他們退兵！」

「這……倒也是，看不出你還有點小聰明。但要從破城虎身邊偷走那刀，談何容易？」

「這就需要妳拔刀相助囉。」莫奈何涎笑。「妳再變成那個賣餅的風騷阿桃去勾引他，我就可以趁火打劫了。」

「哼，面子上給你充英雄好漢，骨子裡卻要靠我出賣色相？」櫻桃妖本不想理他，繼而卻又尋思：「那破城虎的元陽應該還算充盈，對於我的修練多少有些助益。」便點點頭道：「好吧，事成之後，你要怎麼謝我？」

「這……再說吧。」

櫻桃妖奸笑：「我遲早會讓你送我一份大禮！」

櫻桃美少女

櫻桃妖在如雨般瀉下的亂箭中踱步沉思，不時搔首作態。

莫奈何抱著頭，一邊躲箭，一邊怪問：「妳還在想什麼？」

「我在想用什麼造型去誘惑他呀！」

「還想這個？要不要我去幫妳買胭脂、香水？」

「你也知道我有三種變化，兇惡大娘說不定正合他的胃口……」

「別了吧！妖怪都被妳嚇死了！」

「賣餅阿桃的少婦嘛，他應該看得多了，不稀奇。」

「那就用小姑娘的扮相吧，我還沒看過呢。」

櫻桃妖一笑，身軀滴溜溜的一轉，變成了一個十五、六歲的美少女。

莫奈何定睛一看，眞個是粉粉臉蛋捏得出水，纖纖細腰握不滿把，汪汪雙眼勾魂，隆酥胸懾魄，更不知其他的地方有多厲害。

「眞好樣的。」莫奈何望向兀自亂成一團的城內城外。「只是我們要怎麼進去呢？」

櫻桃小姑娘掩嘴淺淺一笑：「這難不倒妖怪，我有隱身術。」

偷搶拐騙

且說那破城虎率領歸義軍占領了夏國都城興州，高坐大殿之上，讓諸將上前表功；曹宗壽只能坐在一旁當陪襯，悶氣滿胸。

「那個夏國國主抓到了沒有？」

「李德明已帶著宗室退到城外。」

「我軍死傷多少？」

「無一人陣亡，傷者五人而已。」

「敵軍呢？」

「死者無算，降者一千五。」

曹宗壽立即冷冷的拋出一句：「統統坑了！」

「什麼？坑了？」破城虎翻臉。「我正要一統天下，沒有兵馬怎麼行？你給我滾出去，盡出些餿主意！」

曹宗壽懷著叵測之心走了。破城虎又問：「擄獲了多少美女？」

「都集中在後宮，等著天王去挑選。」

破城虎興致昂揚的進入後宮一看，先涼了半截。

原來李德明的嬪妃、宮女並不多，都已隨著宗室逃出城外，歸義軍的士兵抓來的都是百姓人家的婦女，這些女子鎮日在烈陽底下工作，皮膚都非常粗糙，很難入慣於挑精撿細的破城虎的法眼。

「都是些什麼貨色啊？」破城虎滿心不悅，正要離開，忽見角落裡一條人影閃過眼簾。

天哪！哪兒來的絕世美少女？

破城虎衝上前去，就想一把將她抱住，櫻桃妖轉身就逃：「天王，不要！」

破城虎咧嘴大笑：「小美人兒，來來來，我不會虧待妳的。」放開腳步追趕。

櫻桃妖何其靈活，怎會讓他抓住，東一閃、西一躲，弄得破城虎頭暈眼花，禁不住火上心頭：「妳娘的，再跑就宰了妳！」

「我怕！」櫻桃妖假作顫抖。

「不用怕，我會很溫柔的。」

「我怕天王身上的那把刀！」櫻桃妖放出釣餌，等待對方上鉤。「我最討厭這種兇器了！」

「原來如此。」破城虎四下望了望、心中想了想，將大夏龍雀連鞘解下，往上一拋，卻正落在屋樑之上。

櫻桃妖暗想：「這傢伙倒是粗中有細，這麼一來，就沒人可以偷得到了。」朝隱在暗處的莫奈何拋去一個嘲笑的眼神。「看那渾小子要怎麼辦？」

不再閃躲逼上前來的破城虎，讓他攔腰抱起，急吼吼的走入寢宮。

莫奈何卻從暗影裡跑了出來，抬頭一看，那刀橫在宮殿的最高處，離地怕不有三丈多，要怎麼拿啊？

被擄的婦女都圍了過來：「小哥兒，可不可以帶我們逃出去？」

莫奈何靈機一動：「我們先來玩疊羅漢！」

「什麼叫疊羅漢？怎麼玩法？」

「我教妳們。」莫奈何指導她們築好底，再一層一層的往上疊。

這些婦女平常幹慣了粗活，個個孔武有力，很快就疊得老高，莫奈何順勢爬了上去，再指揮她們移動方位，來到置刀的屋樑下方。

寢宮內，破城虎剛剛把櫻桃美少女抱上床，脫了衣服，正要酣戰，卻聽得外頭人聲嘻笑、絮語、唸叨、呼喝……而且愈來愈肆無忌憚。

「在幹什麼啊？」破城虎疑心頓起，穿上衣服，跑出去一看。

還得了！人球頂上的莫奈何已把大夏龍雀取了下來。

「可惡！」

破城虎整個身體猛衝過去，宛似保齡球衝撞球瓶，「叮鈴咚嚨」一陣響，把婦女們撞得四散紛飛，莫奈何也筆直掉落。

破城虎一把撈住他：「我還當你是他們當中最好的一個，結果卻跟我搞這套！」

莫奈何罵道：「你到處爲惡，人人得而誅之！」

破城虎一拳打得他眼冒金星，伸手就要把刀搶下；莫奈何緊緊抱住，死也不肯放手。

「是你自己找死，怪不得別人！」

破城虎再次舉拳，對準他頂門擊下，以他的拳威，勢必打得莫奈何頭骨盡碎、腦漿迸流。

突見一道金燄疾掃而至，卻是燕行空來了！

莫奈何歡喜大叫：「我就知道你不會袖手旁觀的！」

破城虎手無寸鐵，暗暗叫苦，在金斧、銀盾的攻擊之下，除了騰身閃躲，再無良策。

「小莫，快去城上叫他們退兵，這裡就交給我了！」

莫奈何提著刀往宮外跑，櫻桃妖也跟了出來，一邊罵道：「你的動作不會慢些？害得我什麼事情也沒做！」

赫連莫奈何

此時，興州城內城外都尚未平靜，城內的歸義軍忙著搜殺不肯投降的夏國士兵；城外的亂兵、亂民則如無頭蒼蠅，東奔西竄。

莫奈何跑到城樓上，一手持火炬，一手揮舞大夏龍雀，口裡嚷道：「大家聽著，我名叫赫連莫奈何，是赫連勃勃的第二十九代玄孫，那個赫連滿天根本是假的！」

三名歸義軍士兵奔了過來，想砍莫奈何。

櫻桃妖嬌笑道：「唉喲，這麼兇幹嘛？」

士兵們的兵刃都是尋常鐵器，櫻桃妖根本不怕，一伸手就連奪三把刀，再反手擲出，直直插入那三人的胸口。

城下的兵士慌忙往上射箭，櫻桃妖雙臂一揮，幾十支箭就像被磁鐵吸引了過去，統統都被她握在雙掌之中。

歸義軍士兵全都呆住了。

「這個赫連莫奈何怎麼這麼神通廣大？……莫非他才是眞的天王？……連他身邊的一個侍婢都這麼厲害，慢說他本人了……」

剛剛才被破城虎趕出大殿的曹宗壽早就想奪回兵權，此時眼見機不可失，開聲大喝：「我一直懷疑那赫連滿天是個騙子，先把他抓住再說！」

這一聲令下，可攪得歸義軍內部混亂不堪。

有一些是曹宗壽的老部屬，當然會聽從老長官的命令；另一些比較迷信的，仍然認爲赫連滿天是天王，怎願對他動手？

兩派人馬一言不合，竟至互相砍殺起來。

另一方面，夏王李德明率領宗室、殘部退到城外，卻並未去遠。

這李德明治軍頗有獨到之處，敗而不潰，他找了個臨時的據點整頓部隊、糾集散兵，並不停的派出斥堠打探興州的消息。

此時聽見城內情勢起了巨變，當然不會放過這個機會，即刻重整旗鼓，殺奔至城下。

梅如是的劍術

廢棄的碉堡內只剩下梅如是、趙百合、李元昊與頭上套著個麻布袋的顧寒袖。

李元昊怪問：「顧太傅為什麼要戴著那個東西？」

梅如是隨口回答：「他……晚上睡覺的時候怕光。」

「他還睡得著？」趙百合佩服不已。「泰山崩於前而色不變，當眞有夫子本色！」

梅如是啼笑皆非：「妳怎麼會看上他呢？」

李元昊笑道：「我姑姑沒看上你，吃醋啦？」

梅如是這才想起自己做男裝打扮，可不能隨便和趙百合說起女兒家的心事，乾咳一聲，粗著嗓門道：「顧夫子嘛，恪守聖賢教誨，從來不近女色……」

趙百合一拍巴掌，嚷嚷：「這才是好樣的啊！」想想不妥，忙調低音量，裝出貓咪般的嬌聲：「小女子最愛慕聖賢了！」

梅如是暗笑：「這個聖賢可是要吃人的！」

門板突然被人撞開，趙百合的大嗓門惹起了一個歸義軍士兵的注意，闖了進來。「你們躲在這裡幹什麼？統統給我出去！」

待得眼睛適應微弱的光線，看清趙百合這個美女，登時改口：「她留下，其他的人都出去！」

燕行空臨走前，把短劍留給梅如是，用以防身，這會兒可派上了用場，「嗆」地一聲拔劍出鞘：「你莫找死，給我滾出去！」

那兵哈哈大笑：「你這小子，殺得死雞嗎？」揮刀砍了過來。

梅如是身爲鑄劍師，雖未學過劍法，但用劍之道還是爛熟於胸，不慌不忙，腳走龍蛇，瞻之在前，忽焉在後，短劍則只握在手裡，遲遲不發。

那兵一連砍了十幾刀，連梅如是的邊兒都還沒能摸著，自己就已先累得喘吁吁。

趙百合心中不耐：「梅夫子怎麼還不進攻？」見地下有根朽木樁，一把撿了起來，兇猛的掄將過去。

李元昊也撿起幾塊碎磚，沒頭沒腦的只管亂砸。

那兵就算有三頭六臂，也擋不住三方進攻，被攪得狼狽不堪。

梅如是覷得眞切，力凝於掌，倏然欺身進步，喝聲「著」，一劍正中那兵持刀右臂。

那兵再也握不住兵刃，痛得連退幾步，靠上牆壁，臉上露出驚恐的神色。

李元昊拾起大刀，雙手握著，對準那兵的腹部就衝了過去。

梅如是忙叫：「休傷人命……」

話還沒說完，李元昊已一刀刺入那兵的肚子，登時斃命。

梅如是見李元昊殺人決不手軟，暗道：「這孩子心狠手辣，將來長大了還得了？」

卻聽外面馬蹄之聲暴響，趙百合站到門口一看，竟是李德明率領夏兵殺到城下。

「你爹回來啦！」

李元昊、趙百合喜出望外的跑出去和大軍會合，流散在城外的夏兵也宛如水滴重新流入河川，加入陣營；原本在城內已經投降的夏兵聽到國主又領軍殺回，瞬即群起倒戈，使得正在互相攻殺的歸義軍愈發雪上加霜。

被追殺的皇帝

卻說破城虎被燕行空殺得狼狽不堪，一路從宮殿逃到百姓的住宅區，仍擺脫不了追擊，正自惶然無計，一柄金瓜鎚忽然從天而降，落在他腳前。

破城虎抬頭一看，芝麻李好整以暇的坐在屋頂上，臉上的嘲笑之色嗆得死人：「赫連天王，皇帝當得如此落魄潦倒，還不如當強盜頭子的好！」

破城虎諂笑道：「芝麻大哥，快救我一命！」

「先把彩罐還來！」

破城虎剛掏出彩罐，燕行空、莫奈何都已追至。

芝麻李跳下屋頂，搶過彩罐，現出妖怪本相：「燕行空，你當我怕你不成？」舞起浣熊的雙爪抓了過去。

他這雙爪子可厲害了，不管什麼東西到了他手裡都會被搓得稀巴爛，再加上他又在美夢小鎮揉了一萬年的燒餅麵糰，手掌勁道之強可謂舉世無匹，此刻與燕行空戰作一處，竟不落下風。

破城虎又碰見莫奈何，可眞是火上加油：「都是你這傢伙壞了我的好事！」揮動大鎚沒頭沒腦的砸了過來。

莫奈何忙喚：「櫻桃，快救我！」

櫻桃妖本已躲回了葫蘆裡，不耐的發話道：「無論我怎麼說，你都不聽，就愛逞強，這回眞的不理你了！」

莫奈何叫道：「他已經沒了寶刀，妳還怕他做什？」

櫻桃妖一想也對，立馬鑽了出來，化身成粗壯大娘，一聲暴喝：「破城虎，剛才你對我傜地無禮，現在要你加倍奉還！」

破城虎嚇了一大跳：「大娘，瞧瞧妳這長相，我哪會對妳怎麼樣？」

櫻桃妖氣得舉起缸大拳頭，一拳打了過去。

破城虎沒了大夏龍雀，本該虎落平陽，但芝麻李剛才隨便撿了把陣亡夏兵的金瓜鎚給他，卻正合了他的脾胃。

這種長柄金瓜鎚乃是夏國士卒最愛使用的兵器，鎚頭大如西瓜，既鈍又重，全憑蠻力敲碎敵人頭顱。

破城虎的特點就是力大，雙手把那大鎚舞得跟風車相似，虎虎作響，威勢好不嚇人！櫻桃妖也非等閒之輩，兩個拳頭就像兩顆更大的西瓜，毫不遜色，只見三隻西瓜碰來撞去，發出世界末日般的沉重爆響。

此時天色漸亮，曹宗壽率領的歸義軍在一片混亂的興州城內已成強弩之末，曹宗壽心知此次決計討不了好，只得下令撤兵。

卻在城門附近看見破城虎那夯貨在那兒掄著金瓜鎚亂打，曹宗壽的火氣不從一處冒上來：「快去殺了那個混帳王八蛋！」

芝麻李、破城虎沒料到他們居然還會成爲軍隊士兵獵殺的對象。

「好哇，全天下都跟我做對！」芝麻李冷笑。「等我去到崑崙山以後，看你們還能囂張不？」身形一晃，人已在數丈開外。

「喂，等等我！」破城虎把金瓜鎚往櫻桃妖一扔，掉頭就跑。「這回我一定乖乖的跟你去崑崙山！」

國師與貴妃

李德明奪回了興州，並不追究曾經投降給歸義軍的士兵，使得城內在半日之間就大致恢復了以往的平靜。

燕行空等人又被當成貴賓，迎入大殿。

莫奈何斜揹著大夏龍雀，好不威風，夏國的兵將、大臣見了他都恭敬的稽首行禮：「赫連天王好！」

燕行空悄聲問說：「你的那個小妖怪不是怕寶刀利劍嗎？你這樣揹著，她怎麼受得了？」

「刀不出鞘就無妨，而且她還有葫蘆可以防身。」

燕行空笑道：「你總有個東西可以制住她了，以後不怕她做怪！」

櫻桃妖在葫蘆裡聽得眞切，把燕行空十八代祖宗都詛咒了上千遍。

李德明又滿臉堆笑的迎了過來：「多虧各位英雄拔刀相助，本王感激不盡！」說完，對著莫奈何深深一鞠躬，雙手奉上一顆大印。「懇請國師屈就！」

國師？大印？

莫奈何接下一看，那印上果然刻著「夏國國師」四個大字。

「我成了國師了？」莫奈何腦中一陣暈眩。「三個月前，我還在括蒼山上掃地、洗臭襪子呢。」

李德明又從內侍手中取過一枚「護國大將軍」的大印，送給燕行空。

燕行空推也不是，接也不是，尷尬非常。

李德明又對莫奈何道：「全軍都在傳說國師身邊的那個美少女，本領高強得不得了，可否讓本王一見？」

「這嘛，我去叫她。」

莫奈何跑到大殿外踅了一轉，把櫻桃妖從葫蘆裡喚出來：「國王想見妳呢，別把他嚇著了。」

櫻桃妖低著頭，嬝嬝娜娜的跟著莫奈何來到李德明面前：「小女子拜見國主。」

李德明一見她這花容月貌，驚豔得眼睛嘴巴都闔不攏：「本王……封妳當貴妃！」

莫奈何偷笑道：「我們這群人，一共有兩個太傅、一個護國大將軍、一個國師、一個貴妃，眞可謂冠蓋雲集了。」

櫻桃妖心忖：「這些皇帝、國王旦旦而伐，夜夜不空，都是些下等爛貨，他們的元陽有什麼用處？」當下猛搖其頭。「小女子只願追隨小莫公子……不，小莫國師，還望國主不要強人所難。」

李德明失望之情溢於言表：「那就只好……依卿所願吧。」

梅如是左顧右盼：「爲什麼顧太傅一進宮就不見了？」

李德明笑道：「他被舍妹召入寢宮，這會兒恐怕生米已經煮成熟飯了。」

眾人大驚。

莫奈何嘀咕：「怎麼，還要添上一個駙馬？」

太傅與駙馬

顧寒袖呆呆的坐於床沿。

寢宮外的太陽還未落下，他的恐怖嘴臉還沒露出來。

趙百合已準備好了，穿上最性感的衣服，抹上最誘人的香水，在他面前晃來晃去，他卻只是傻笑而已。

「顧郎，你……」趙百合有意擺出千嬌百媚的模樣。「你還不動作嗎？」

顧寒袖點頭道：「有動皆舞，有作皆態，是之謂也。」

趙百合一楞：「說這什麼？太深奧了吧！」繼而靈機一動，忖道：「難道他是要我跳脫衣舞？看不出來顧郎還挺懂得情趣的。」

立即扭腰擺臀的跳了起來，並開始解除衣衫。

顧寒袖依然楞呆著雙眼，傻笑。

趙百合自己跳得興起，顧寒袖卻毫無反應，不由得心下焦躁，忍不住大聲道：「你怎麼老是坐著不動咧？」

顧寒袖被她嚷得一楞：「歡迎光臨美夢大喇叭！」

趙百合本想自己動手幫他脫衣服，又覺此舉實在太過悖離聖賢禮教，只得命令宮女：「快給駙馬爺寬衣！」

幾名肥大宮女一湧上前，七手八腳的把顧寒袖的衣服脫了，卻露出他胸前碗大的一個大洞。

一名膽子最大的宮女一伸手，就從洞中穿了過去，忍不住驚呼出聲：「公主，這個洞比城牆上的箭孔還大哩！」

趙百合的身體搖了幾搖，終於雙眼翻白，暈了過去，宮女們則尖嚷亂跑：「妖怪！駙馬爺是妖怪！」

梅如是緊接著衝入：「又惹麻煩，快走……」

猛然看見顧寒袖赤身露體，不禁摀臉尖叫，但仔細一想，自己若不幫他穿上衣服，還能怎麼辦？

只得暫且按下少女的羞怯，一邊替顧寒袖著裝，一邊嘀嘀咕咕的罵道：「誰叫你惹上這些桃花？知不知羞啊？虧你讀了這麼多書……」

忽然憶起莫奈何那日在鯰魚妖的地洞中，不也正是一模一樣的情形嗎？那日莫奈何不也是無計可施、萬不得已？莫奈何會不會也嘀嘀咕咕的罵著自己呢？

想到這裡，梅如是怯怯一笑，心想：「其實小莫哥挺厚道的，一直不讓我知道實情，若不是那櫻桃妖居心叵測，有意挑撥離間，我也不會胡亂怪罪於他。總而言之，以後我不該再擺臉色給他看了。」

終於替顧寒袖穿好了衣裳，逃出宮殿。

書中自有吃人妖

一行人騎上駱駝，沒命奔往城門，但因局勢還未完全平靜，城門尚自緊閉，閒雜人等不得進出。

耳聞宮殿那邊「抓妖怪」的喧譁之聲愈來愈大，正自惶然，卻見李元昊又坐在茶棚旁邊的那片空地上，等待孩子們前來摔角。

莫奈何跑了過去：「太子，可否幫個忙？」

李元昊怪問：「王宮那邊又在鬧什麼啊？」

「他們在抓妖怪！」莫奈何使出坦白從寬的策略。「實不相瞞，那顧太傅就是個吃人妖怪！」

「真的啊？難怪我一直覺得他不同凡人。」李元昊頗感好奇。「他是個什麼妖？」

「他是……是一卷春秋時代的古書變成的妖，所以老是有些書卷的臭味。」

「書怎麼會吃人呢？」

「當然會，所以你以後看書要小心！」

李元昊畢竟小孩兒心性，一點也不害怕，反而哈哈大笑。

莫奈何行險僥倖：「你父王正要抓我們，你放我們出去吧。」

「好啦，我幫你們叫開城門，你們自去。只是，以後有空一定要再來找我哦！」

又被追

眾人在荒野中過了一夜，翌日繼續趕路。

梅如是有意湊近莫奈何，有一句沒一句的搭訕著，讓莫奈何受寵若驚，喜出望外。

每次她一接近，莫奈何就覺得心跳得好厲害，連靈魂都開始顫抖起來，這躍動的頻律甚至一直傳到了他背上的葫蘆裡，就像八級強烈地震，震得櫻桃妖天旋地轉。

櫻桃妖心知再這樣發展下去，莫奈何的心就再也收不回來了，便在葫蘆裡發話道：「有些人就是勢利眼，看見人家當上了國師，就刻意跑來奉承巴結，眞是不要臉！」

梅如是氣了個胃翻，催動駱駝跑到前面去了。

莫奈何怒道：「她好歹也是個太傅，何必巴結國師？妳就是愛挑撥是非！」

櫻桃妖假哭道：「你怎麼這樣說人家嘛，人家是爲你好嘛……」

忽見迎面沙塵飛揚，一隊輕騎兵陣呈半月的迎了過來，卻是曹宗壽親自帶隊的歸義軍。

這曹宗壽也是個老狐狸，撤而不退，等著看有沒有希望再對興州發動突襲。此刻正好碰見讓他吃了一場莫名其妙大敗仗的莫奈何，當然不會放過他，馬鞭一指，喝道：「搶下大夏龍雀！抓住那個什麼赫連莫奈何！」

「什麼事兒這是？到處被人追殺！」

眾人慌不擇路的加勁狂奔，跑了數十里地，忽見前方一座山谷，便不管三七二十一的衝了進去。

歸義軍兵士全都驚懼的停止了追逐之勢：「令公，他們跑到『百惡谷』裡去了！」

「那就別追了。」曹宗壽冷笑。「從古至今，沒有人進了那山谷還能活著出來的！」

百惡谷

山谷之中並沒有參天巨木、如蔭樹叢，但陽光就是照不進來。

頭頂雖然烈日炎炎似火燒，谷裡卻陰暗異常，寒氣逼人。

櫻桃妖鑽出葫蘆一看，機伶伶的打了個寒噤：「這是什麼奇怪的地方？」

「別管這麼多，尋找出路便是。」

一行人順著谷底蜿蜒小路一直走去，不料愈走愈陰暗、寒氣愈甚，幾匹駱駝都露出怠工的跡象，顧寒袖更冷得牙關打顫，不停的說：「我要回美夢小鎮……」

梅如是急道：「這山谷到底有沒有出口？應該找個人來問問。」

哪知谷中竟像沒一個活人，走了半天，也沒嗅著一絲人味。

幾匹駱駝終於停住步伐，伏下了身軀，再也不肯往前行走半步。

「只好用走的。」燕行空斷然決定。「就算走到死，也要走出這個鬼地方。」

卻聽一個蒼老微弱的聲音道：「只怕你們走到死，也走不出去，就跟我們一樣！」

「有人！」

眾人遊目四顧，卻看不見發話者躲在哪裡？

「我在這兒呢。」

山路邊上有灘泥淖，一名亂髮糾結的老頭兒竟陷在爛泥之中，只露出了一顆頭，相貌醜陋非常，臉皮潰爛見骨，宛若一顆活骷髏頭；兩隻眼睛一高一低，迷迷濛濛；兩個鼻孔一青一黃，盡流膿液；眉骨剩沒幾根毛，嘴裡剩沒幾顆牙，渾身散發潰瘍、爛瘡、臭泥巴的味道，十步之內就令人做嘔。

燕行空忍著惡臭把他拉了出來，這才發現他的四肢都早已扭曲畸形，瘦得沒有一點肉，就像四根折彎了的枯樹枝。

「老丈緣何如此？是誰害你的？」

那老頭兒苦笑著：「我名叫梅度，已經被害了五十年啦！」

五十年？五十年來他都是過著這樣既臭又髒、殘缺不全、渾身流膿、生不如死的日子？

「什麼賊子這麼心狠？他們是何來路？」

「這裡是『百惡教』的總壇——『百惡谷』。」

燕行空皺眉：「百惡教？從來沒聽說過。」

梅度苦笑：「聽說過的人早就死了，或者被關在這裡。」

「這谷中除了你，還有別人？」

梅度往旁一指：「那兒就還有幾個。」

山路的另外一邊有個臭水塘，水面滿是油膩污漬，長滿了孑孓、蛆蟲，卻還有十幾顆跟梅度一樣醜惡、臭爛的人頭浮出在水面上。

「你們為何要泡在那臭水裡？」

「萬一那惡賊巡查過來，我們才好躲起來啊！」

莫奈何心忖：「這惡賊究竟有多麼心狠手辣，竟讓他們懼怕成這樣？」

梅如是因為梅度可以算是她本家，當然特別關心：「世伯，百惡教到底是為了什麼要把你們囚禁在這裡？」

梅度哭道：「我梅家本是河東大族，子孫繁衍，好不興旺！五十年前的某一天，百惡教主突然沒來由的殺了過來，把我全族上下幾千口老小殺得精光，只留下我一個，卻不讓我死，把我擄到這兒來嚴加看管，每天都要想出新的方法來折磨我……」

泡在臭水塘裡的一個名叫甘顏的老太婆也號啕著說：「我們甘家的遭遇也是這樣！那百惡教的教主簡直是個殺千刀的殺胚！」

梅如是義憤塡膺，手握短劍劍柄：「百惡教窮兇極惡、喪盡天良，一定得把他們徹底消滅！」

自從她在興州外的廢堡裡打敗了一個歸義軍的士兵之後，對於用劍大有心得，信心更是倍增。

燕行空長嘆了口氣，道：「我們離開美夢小鎭已經三個月，離顧寒袖的百日之期還剩不到十天，哪還有空管這許多閒事？」

梅如是怒道：「這麼多受苦受難的人現下就在你眼前，你怎麼還漠不關心？」

「此谷既然名爲百惡，焉知這些人不是人神共憤的壞蛋？」

梅度、甘顏與其他的人都嘶聲喊冤叫屈起來：「我們已經這麼慘了，還要被你如此作賤？」

梅如是憤然道：「就算是壞人，也不該遭受這樣的對待！」

莫奈何道：「燕大哥，你應該看得出來他們是不是妖怪？」

燕行空默然不語。

莫奈何又問葫蘆裡的櫻桃妖：「妳怎麼說？」

「道行比我深的，我看不出來；但這幾個傢伙齷齪骯髒成這副德性，絕對不會是妖怪！」櫻桃妖傲然道。「我們妖怪可都是很體面的！」

「總而言之，還是得先找著那教主，問個清楚再說。」莫奈何提出折衷的方案。

梅如是轉身就走。「誰跟我去？」

「我去！」莫奈何熱血沸騰，當仁不讓。

櫻桃妖知他心思，大吃起飛醋，忖道：「這渾頭小子總愛在心上人面前逞能，這回就讓他吃個大虧，丟臉丟盡！」

將身跳到一棵樹上，悠悠哉哉的直晃：「你們好走，早去早回！」

莫奈何見她不肯幫忙，心就涼了一半，但在梅如是面前怎可露出孬種膽怯的樣相？便把下巴朝櫻桃妖一抬，擺出一副「妳有什麼了不起？」的嘴臉。

燕行空皺眉道：「你們這就要去？曉得往哪兒去找人嗎？」

梅度指點出方向：「總壇就在那山坡上。」

「教主何名？」

「教主手下有左、右二大夫，教主與左大夫通常都不在谷內，谷中之事都交由右大夫黎翠坐鎮掌管。」

奇妙的針

黎翠，挺美的名字。

但她的人卻一點都不美，簡直可說是恐怖可怕！

滿頭灰白相間的亂髮，根根堅硬，恍若鋼刷；臉上刻著幾十條比刀疤還要痙攣扭曲的皺紋，最嚇人的是她那雙眼睛，眼白混濁，瞳孔卻像兩支寒光灼灼的鉤子，那光芒之中沒有半絲屬於人類的溫暖，有的只是無盡的厭憎與嫌惡。

所謂百惡教的總壇，其實只是一棟簡陋的木屋。現在她正蹲在屋內，煮著一鍋東西，黃褐黏稠，臭到不行，她拿起一根大杓子攪拌著，然後舀起一杓，嚥了下去，臉上終於浮起一絲滿意的表情。

梅如是和莫奈何來到屋外，從窗中看見這幕情景，莫奈何差點吐了出來：「她在吃屎嗎？」

梅如是想要制止，已來不及。

那黎翠絲毫不現意外驚訝，只是桀桀笑道：「既然來了，何不進來坐坐？」語聲渾若一把生鏽的鋸子鋸著一塊生鏽的鐵皮。

莫奈何嚇一跳：「我們才不進去，妳出來！」

「要我出去？你莫後悔！」

黎翠鋸子一樣的笑著走出來。

梅如是叱道：「你們抓來那許多無辜的人，囚禁折磨，究竟有何用意？」

「你懂什麼？」黎翠不屑冷笑。「不懂就別管閒事，滾吧！」

莫奈何現在因爲有了大夏龍雀，膽氣便壯了許多，「嗆」地一聲拔出刀來，揮舞起師父提壺道人的驅妖劍法，口裡胡亂唸著：「摩隆八隆冬，急急如律令，妖怪受死！」

本以爲黎翠在寶刀鋒銳的刀氣之下，必定落荒而逃，哪知黎翠卻嗤笑出聲：「哪裡來的野道士？」

一抖手就是一道寒芒射出，正中莫奈何右膝「膝關穴」；莫奈何只覺右腿一軟，立即單腳跪地。

「你也太不尊敬我了，跪好點！」

黎翠又一抖手，又一道寒芒刺中莫奈何左膝「陽交穴」，莫奈何便像個娃兒一樣，直挺挺的跪在親娘面前。

梅如是在旁瞧覷得實，見她射出的只是兩根金針，心下駭異。她雖非武林中人，卻也看得出這手「飛針劫穴」的本領，已然到達爐火純青的地步，她目瞪口呆，手中短劍再也舉不起來。

黎翠惡笑道：「妳也躺下吧。」起手一針射向梅如是額角「承光穴」。

梅如是頓覺眼前一黑，身體有如自由落體般的一直往下墜，往下掉……

成為仙女的條件

掉了不知多久，眼前忽然出現一片光亮，身子輕飄飄的一轉，腳落實地，但見四周瓊室瑤臺、翠閣玉池，不似人間，直若仙境。

梅如是正狐疑不定，一名仙風道骨、銀鬚皓首的老翁已從白玉丹墀上走下。

梅如是趕上幾步，盈盈下拜：「敢問仙翁，此爲何處？」

白髮老翁呵呵笑道：「這裡是天上極樂之宮，來到這裡，永遠無憂無慮。」

梅如是又問：「敢問仙翁的仙號？」

「吾乃三極仙翁，只有北極不歸我管。」慈眉善目的笑個不停，上前牽住梅如是的手。

「姑娘頗具慧根，很適合成爲本宮的仙女。」

梅如是頗爲心動，但一念及顧寒袖的生死安危，就不能不放棄這個念頭：「我……不能留在這裡……」

「人生本是一場幻夢，還有什麼値得牽掛的呢？」三極仙翁唉道。「孩子，我知道這些日子以來妳受苦了，眞可憐……」

三極仙翁的語聲中充滿了慈祥與關愛，梅如是整個人立時鬆軟下來，在這三個月之中所受到的委屈、辛酸，全都翻湧上心頭，忍不住緊緊抱著三極仙翁痛哭失聲。

「孩子，誰欺負妳了？難道是莫奈何那小子？」

梅如是拚命搖頭：「不，小莫哥對我很好，只是他……他很可惡……」

三極仙翁摸不著頭腦：「到底是很好，還是很可惡？」

「他……又可愛又可惡……」

三極仙翁哈哈大笑：「哦——看來妳是愛上他了！」

「才沒有呢！」梅如是嬌嗔。「我跟表哥早已互訂終身！」

「唉，你那表哥……還有救嗎？」

一句話又使得梅如是脆弱萬分，她又放聲大哭起來：「仙翁，你能不能毀掉我的容顏？」

三極仙翁大驚：「爲什麼？」

「幾乎每個男人看見我，都會產生邪淫的念頭，我……我恨我長成這個樣子！」

三極仙翁摟著她，嘆口氣道：「吾怎能做這種事？吾只能給妳一把刀或一瓶藥，讓妳自毀。但以刀割臉，疼痛難當；以藥潰臉，更如萬蟻鑽心，吾怎麼捨得妳這麼做呢？」

梅如是忽覺三極仙翁摟著自己的雙臂愈來愈緊，兩隻手掌甚至開始上下遊走起來。

「仙翁，你……」梅如是驚駭莫名。

三極仙翁把嘴湊近她耳邊，喘吁吁的說：「而且，如是，就算妳的臉毀了，身子可怎麼辦？像妳這麼性感的軀體，男人見了一樣會起邪念，妳還是躲不過男人的摧殘啊！不如讓吾爽一爽吧！」

三極仙翁眞的想脫她的衣服，梅如是拚死掙扎，怎麼也掙脫不了他的擁抱，眼見他的臉愈靠愈近，便狠狠一嘴咬了過去，但只咬中他的鬍子，將那整把銀白鬚髯全都咬了下來，卻露出了莫奈何賊笑兮兮的臉！

「莫奈何，原來是你這個畜生！」

梅如是大吼一聲，從夢中驚醒過來。

溫暖的綑縛

梅如是一睜開眼睛，居然就看見莫奈何的臉確實正湊在自己面前。

這居然不是個夢？

急怒攻心的梅如是猛然用額頭撞上莫奈何的鼻子，撞得他哇哇大叫。

梅如是這才發現，原來他倆是被面對面的綑綁在一起，有如兩隻串在一起的大粽子。

「梅姑娘，妳是怎麼啦？」莫奈何被撞得淚眼汪汪。「我沒怎麼樣啊？」

「我們是那黎翠那惡賊綁的？」

「當然是囉。」

「她人呢？」

「剛才出去了。」莫奈何仍不停流淚。

梅如是著實滿懷歉意：「小莫哥，對不起啦，我……做了一個惡夢。」

「妳夢到什麼？」莫奈何傻笑。「一直嘟嘟囔囔的說著些怪夢話！」

梅如是這一驚非同小可，忙問：「你聽到我說了些什麼？」

莫奈何趕緊搖頭：「沒……沒聽清楚。」

其實梅如是剛才的囈語，每一個字兒莫奈何都聽得眞眞切切，當她說到「小莫哥很可惡」的時候，莫奈何的心臟就像被一隻狗叼起來了一樣，一直痛到靈魂最深處；但聽到她接下來又說：「小莫哥又可愛又可惡」，那隻狗立即就變成了一隻小鳥，把他的心臟啣到了有生以來喜悅的最高峰！

「我可愛！她覺得我很可愛！天哪！」莫奈何若沒被綁著，肯定當下就騰躍到天際！

而當最後她說到要自毀容顏時，莫奈何又心下淒然：「原來美女也有煩惱。」繼而聳然一驚。「都是因爲世上像我這樣的無聊男子太多了！」

兩人就這麼面對面、沉默的被綁在寂靜的小木屋裡。

梅如是一逕低著頭，莫奈何也不敢瞅她，把臉偏向一邊，但梅如是身上發出的香氣，侵襲著他的腦海；她溫軟的身軀傳來的輕微抖顫，恰正符合他的心跳。

莫奈何此時覺得那黎翠雖然醜陋恐怖，但她的人卻眞好！

他甚至希望永遠都不要有人來解救他們，這幢小木屋就是一生一世！就讓他們這樣一直被綁著，直到天荒地老！

黎翠的真面目

燕行空把臭水塘裡的老頭兒、老太婆都拉了上來。

那一具具殘缺不全、潰爛流膿的人體，讓櫻桃妖打從心底發作顫抖。

「她這樣折磨你們，目的何在？」

梅度抽泣道：「我要是知道就好了。」

燕行空道：「你說她每天都會想出不同的方法來折磨你們，卻都用些什麼方法？」

一個名叫商涵的老頭兒道：「她抽我的骨髓！」

另一個名喚林白卓的老頭兒道：「她常常把我的肉切成一片一片的帶走！」

一個叫作聶基的老頭兒說：「她經常扒我的皮！」

又一個叫作厤振的老頭兒說：「她拆我的骨頭！」

燕行空心想：「百惡教如此作爲實在太過離奇！」

梅度等人忽然臉色劇變，渾身發抖：「她來了！」一起跳入臭水塘，把頭都埋進了污水之中。

只覺人影迅捷的一晃，黎翠已悠悠的站在他們面前：「你們是從哪裡來的？還不快滾？」

「你就是黎翠？」燕行空沉聲道。「我的同伴呢？」

黎翠怪笑：「他倆已被我送作堆了！」

櫻桃妖一聽，還得了？把身子蹦上了半天高，怒罵：「妳這醜八怪，那個小道士是我的，妳怎麼可以胡亂瞎攪！」

「妳才是醜八怪！」

黎翠一抖手，一支金針直射櫻桃妖，燕行空橫身一攔，這一針正好射在他陶製的頭顱上，「叮」地一聲彈了開去。

黎翠楞住了，想不通這針爲何刺不進去？

燕行空則心中暗驚：「她飛針認穴奇準無比，身法又快得驚人，確是我今生遇見的最強的對手！」

黎翠又是一連十幾針射來，統統指向燕行空胸前各大穴道。

燕行空放聲長笑，一掄銀盾，把飛針全數擋掉。

櫻桃妖喝彩：「這盾牌可眞是她飛針的剋星！」

黎翠氣極，起手就是一針，正中櫻桃妖右邊嘴角的「地倉穴」，照理說，她就應該面肌僵硬，說不出話來了。

櫻桃妖卻仍嘻皮笑臉：「好癢好癢！快點再多射我幾針！」

原來妖怪根本沒有穴道，這些針對於她來說，簡直就像小孩子的玩具。

黎翠心下焦躁，卻看見顧寒袖探頭探腦的站在一旁討人厭，便不由分說的一針射往他胸口。

顧寒袖因爲谷中天光昏暗，搞不清楚現在是不是黑夜，到底該不該變臉？便把頭轉來轉去的鼓搗，卻讓黎翠認爲他不懷好意，一針射了過來。

但那針從他的前胸射入，後胸透出，全無影響。

「原來是具行屍？」黎翠面現殺機。「你們這群人統統都該死！」仰面撮唇厲嘯。

櫻桃妖忙道：「留神，她還有幫手！」

但覺已經黝暗的天空變得更黑，一個碩大無朋的東西猛然從天而降。是一隻怪鳥！

頭如蛇、喙如劍、翼如龍、爪如豹，下撲之勢捷若閃電，倏忽已至燕行空頭頂。

燕行空拔出金斧，格擋招架。

那怪鳥占盡了制空優勢，時而高颺、時而俯衝，時而側撞，喙啄爪抓翼擊，端的比武林高手還要難纏！

燕行空的動作稍一遲緩，那鳥就猛衝而下，雙爪抓住他的頭頂，把他的腦袋活生生的帶上了半空。

牠哪知燕行空根本是個沒有頭的人，依舊行動如常。

櫻桃妖笑道：「這鳥好不識貨，抓個陶器去玩怎地？」

黎翠呆了半晌，繼而大喊：「你是刑天的後裔？怎麼不早說？」又發出一聲鳥嘯，那怪鳥便把頭丟了下來，正好掉在燕行空的脖子上，絲毫不差。

黎翠醜陋的笑容又浮現出來：「眞是大水沖翻了龍王廟，自家人不認得自家人！」

櫻桃妖罵道：「誰跟妳自家人？」

黎翠指著臭水塘：「你們當那些東西是什麼？」

燕行空道：「難不成是妖怪？」

櫻桃妖大聲道：「我已經認證過了，他們絕對不是妖怪！」

黎翠笑道：「他們確實不是妖怪，但也不是人、不是鬼、不是行屍！」

櫻桃妖腦中一陣迷糊：「那到底是什麼？」

「他們是細菌病毒！」黎翠朝著那灘臭水大吼：「你們自己說，你們是什麼？」

那十幾個老頭兒、老太婆不得不把頭冒出水面。

梅度苦臉：「我……我是梅毒！」

甘顏垂首：「我是肝炎。」

商涵囁嚅：「我是傷寒。」

林白卓乾咳：「我是淋病、白濁。」

矗基傻笑：「我是瘧疾。」

痲振癟嘴：「我是痲疹。」

黎翠道：「這裡還有結核、黃熱、水痘、天花、恙蟲、鼠疫……」

「所以這裡一共有一百種最厲害的病毒？」

「還不齊全，現在只有七十八種。」黎翠如數家珍。「師傅說，將來還有什麼愛滋、禽流感、茲卡病毒……」

櫻桃妖猛一拍手：「唉呀，怎麼早沒想到？她是什麼『右大夫』，又用針！」

燕行空嘆口氣道：「眞是什麼怪事都碰上了。」

好夢醒啦！

黎翠帶著燕行空等人回到總壇，放開了莫奈何與梅如是。

還未在溫柔鄉中浸泡夠的莫奈何，心中的失望簡直難以言宣。

櫻桃妖眼見他跟梅如是並沒發生什麼事兒，高興得要命，卻假裝哭哭啼啼的抱住莫奈何：「我以爲你死了，我好傷心哦……嗚嗚嗚！」

莫奈何連忙推開她，險些踢翻了剛才黎翠煮東西的大鍋子。

櫻桃妖臭著臉問道：「這鍋跟大便一樣的臭東西是什麼啊？」

「這是藥。」黎翠解釋。

莫奈何一拍櫻桃妖後腦，笑道：「良藥苦口，沒聽說過嗎？愈臭、越難吃的藥就愈好。」

黎翠失笑：「也不是這麼說……」

櫻桃妖腦中靈光一閃，大嚷：「她是西王母座前的人！」反過手來一拍莫奈何後腦。

「我不是早就跟你說過，西王母才是瘟神，主管天下所有的瘟疫！」

黎翠道：「把他們關在這裡，不僅是不讓他們出去爲害人間，而且還要找出醫治的方法，所以我每天都要取走他們身上的某一部分去做研究。」

「原來如此。他們剛才還裝得那麼可憐。」

莫奈何轉眼看見梅度等人都躲在屋外探頭探腦，氣得衝過去想打他。

梅度笑道：「你想碰我？來啊，碰得愈多愈好！」

嚇得莫奈何用跳的跳了開去。

櫻桃妖心中莞爾：「這個百分之百的處男若得了梅毒，豈不是天下第一笑話？」

黎翠的另一個真面目

黎翠把他們帶上山頂，放眼望去，遠處盡是沙漠，也無路可出山谷。

「等下讓少鶖送你們出去。」

少鶖就是那隻大怪鳥。

燕行空問道：「黎大娘，妳可知奇肱國在哪兒？」

「奇肱國？」黎翠茫然搖頭。「沒聽說過。」

莫奈何頹然：「大娘在此住了這麼多年，竟也不知奇肱國，看來沒什麼希望了。」

「其實我住在這兒也不過十年……」黎翠嫣然一笑，簡直比鬼還難看。「你們別再叫我大娘了，我才只有十八歲。」

了。

十八歲？怎麼卻長成這樣？

梅如是只覺一陣痛心：「許是因爲成天跟那些病毒混在一起，被感染了？」

「也沒有咧。」黎翠一轉身，取下戴在頭上的人皮面具，再轉回來時，大家全都呆住了。

世間竟有如此美豔絕倫的少女！

連梅如是都看傻了眼。

「我扮成那副兇相，才鎭得住那些病毒。」黎翠又一笑，這回可把整個天空都笑亮了起來。「剛才沒把你們嚇著吧？」

梅如是笑著牽起她的手：「嚇死了，也恨死啦！」

燕行空道：「西王母座前有三隻靈禽——大鵹、少鵹、青鳥，妳名叫黎翠，難道竟是鳥兒的化身？」

「當然不是。我跟我姐姐是西王母在人間第三百零五代的嫡傳弟子。姐姐黎青是『左大夫』，負責在外抓病毒，我就負責在這裡看管病毒。」

「從八歲就開始看管到現在？」眾人都覺得不可思議。

黎翠把頭一低，臉上閃過一抹黯然神傷：「八歲以後，我就從來沒有離開過這裡，也沒有半個朋友，只有少鵹與我爲伴……」

眾人心頭又是一陣絞痛。

這是什麼樣的童年與少年？

生命中只有如同死亡一般的孤獨寂寞，還要鎮日面對那些醜惡、骯髒又危險的細菌病毒。

難怪她平常眼中只有厭憎和嫌惡！

梅如是疼惜的緊緊握住她雙手：「等我們做完那件大事，我一定會回來看妳的。妳要記住，妳在世上有許多好朋友，我們都是妳的好朋友！」

「是，我會記住的……」剎那間，淚水充滿了黎翠的眼眶。「其實你們不來也沒關係，這裡不是人來的地方……」

「此去崑崙山，如果能見到西王母，一定替妳請命！」燕行空的憤慨罕見的流露出來。

「她也太不關心自己的徒弟了！」

「你們快走吧。」黎翠望望天色，催促著。「少鶩職責在身，不能遠離，只能送你們出谷。」

少鶩龐大的身軀一次可載兩人，把他們分成兩批送到谷外。

眾人揹起黎翠準備好的乾糧、水袋。燕行空望著眼前無垠沙漠，不知如何是好，試探著問：「少鶩，你知道奇肱國要往哪兒去走嗎？」

少鵹朝西南西的方向鳴叫了三聲之後，振翼飛去。

三泉綠洲

綠洲城市的天空上，許多飛車悠遊來去。

這裡名爲「三泉綠洲」，也就是奇肱國所在地。

飛車上的奇肱國人，不分男女老少都長著三隻眼睛，卻只有一條手臂，他們的神情都非常愉悅。

少年們把飛車駕駛得像F1賽車一樣，在天上狂飆，不時發出陣陣歡呼。

另有四輛負責警戒的飛車在城市上空緩緩巡遊，監視著周圍動靜。

一名看守者發現遠方有幾個人逐漸接近，慌忙敲響警鐘。

天空上的飛車紛紛降落地面，並把飛車藏入車庫。

一名地面警衛奔過街道，大叫：「有外人來了！」

走在街上的奇肱國人都取出假手戴上。

老人戴上氈帽，壓得低低的，遮住額頭上的第三隻眼睛；女人把頭髮梳成劉海，蓋住第三隻眼；在花園工作的母親順手摘下一片樹葉，貼在幼兒的額頭上，遮住第三隻眼。

當燕行空等人疲倦的走入城市中時，所有的奇肱國人都已變成常人模樣，若無其事的在街上溜達。

燕行空等人進入一家小酒館，店小二迎了上來。

「我們快渴死啦！」莫奈何吐出舌頭。「只要是能喝的，統統拿來！」

店小二雙手捧來一罈酒：「這是本地特產的馬奶葡萄酒，解渴聖品。」

店小二把酒放在桌上，轉身離去，不料假手卻還黏在酒罈上，幸虧燕行空等人都望著外面，沒有發現。

掌櫃忙向小二示意；小二匆匆趕回來，取回假手。

燕行空有點奇怪的回望，小二忙把假手藏在背後，哈腰乾笑，不料頭上戴的帽子又掉了下來，露出了第三隻眼，還好燕行空已扭過頭去，並沒有看見。

店小二忙戴上帽子，溜走。

眾人喝了幾杯酒，解了幾天來的體內乾旱。

顧寒袖只是呆呆的坐在那兒，臉色一片青筍。

莫奈何悄聲道：「他的狀況愈來愈差了。」

燕行空嘆了口氣：「離他的百日之期，只剩下三天了，怎能趕到崑崙山？」

忽然，一陣天搖地動，屋頂上的灰屑撲簌簌的直落，桌上的酒杯、酒罈全甩到地下去了。

小二、掌櫃沒命的往外奔逃：「地震！地震！」
燕行空等人也奔到店外。
許多奇肱國人也都跑到街上。
一名洗澡洗了一半的中年人光著上身跑出來，沒帶假手，旁邊的人忙幫他掩護。
另一名瘋瘋癲癲的老者奔出家門，大叫著：「火山要爆發了！火山要爆發了……」
一名年輕人趕緊摀住他的嘴，拖回家門。
莫奈何頗覺好笑。「火山？沙漠裡哪來的火山？」
燕行空驀然驚覺，遊目四望。
一陣焚風吹來，吹走了花園裡小孩額上貼著的葉片，露出了第三隻眼。
燕行空恍然道：「這裡就是奇肱國！」
周圍的奇肱國人見祕密已然敗露，只得紛紛歉笑著丟掉假手。
那瘋癲老者又衝出家門，指著燕行空等人大叫：「咱們這裡好幾千年沒地震了，可他們一來就震，他們是帶來厄運的不祥之人！他們是……」
年輕人又把老者拖了回去。
奇肱國人都滿懷敵意的望著燕行空等人。
莫奈何手按大夏龍雀刀柄，殺氣騰騰的瞪向他們。

奇肱國人一鬨而散。

常羊之山

老者坐在家中發抖，不停囈語：「火山要爆發了！火山要爆發了……」

燕行空等人走了進來：「老伯伯，常羊之山在哪裡？」

老者更是畏懼，在房裡到處亂躲：「常羊之山！常羊之山！」

梅如是低聲道：「《山海經》中記載，刑天與天帝大戰之後，天帝把刑天的頭埋葬在常羊之山，所以這裡不但是他們的決鬥之處，也是埋葬刑天首級的地方！」

「常羊之山是座火山，這裡一片平坦的沙漠，沒看見什麼火山啊！」莫奈何道。「燕大哥，現在不是追尋你先祖遺跡的時候，現在重要的是，我們要趕往崑崙之丘。」

此時又發一陣地震，老者嚇得躲到床下去了。

梅如是悄聲道：「燕大哥，是不是你引發了先祖頭顱的感應，所以才一直地震？」

燕行空垂首凝思。

年輕人氣惱的擋在他們面前：「你們這些不祥之人，到底想幹什麼？」

「我們只想借貴國的飛車一用。」

年輕人神情一震，囁嚅著：「什麼飛車？沒有飛車，你們快走吧。」

櫻桃妖看見後面的牆壁因爲地震出現了一條裂縫，跳過去湊上眼睛一看：「還說沒有！飛車製造廠就在後面！」

飛車小子

廠門打開，製造廠內整齊的排列著許多輛嶄新的飛車。

名喚任天翔的年輕人不太情願的帶他們參觀廠區。

櫻桃妖嚷嚷：「哇！太炫了！你眞厲害！」

「我專門替人改裝。」任天翔一聽這讚美之詞，忍不住露出驕傲的神色，走到一輛車前，像撫摸自己的小孩子也似的摸著車身。「這一款是『宋太祖乾德三年』出產的『流雲二型』，本來一日只能飛一千四百里，經過我改裝之後，現在一天能飛一千九百八十里。」

又走到一輛車前介紹著：「這是『宋太宗太平興國五年』生產的『野鷹一九七型』，八風帆，外加兩個渦輪小旋球，扭力特強，從零加速到一百只需十分之一炷香。」

「有比較大臺的嗎？」

任天翔把燕行空等人引到一輛最大的飛車前：「你們四個人……」

櫻桃妖抗議：「五個！」

「五個人坐這輛正好，要不要試試看大小？」

燕行空等人步入飛車之中。

任天翔忽然露出詭異的笑容，彎身按下藏在飛車旁邊的樞鈕。

瞬間，飛車四面都升起了鋼柵，把他們關在飛車車廂裡面。

燕行空等人大驚，卻已無法脫身。

「我一直想把你們趕走，你們卻偏要來看飛車……」任天翔歉然道。「他們威脅我，把這輛旅行車改裝為囚籠，我若不從，我爹性命難保！」

莫奈何本不想問，但還是忍不住問出了口：「誰威脅你？」

角落的暗影中傳出訕笑，芝麻李與破城虎走了出來。

原來他倆的旅途也不順遂，不管走到哪裡都被歸義軍截殺，好不容易才擺脫了追擊，遠遠望見燕行空等人朝這兒走來，便事先脅迫任天翔布下陷阱。

「大夏龍雀該物歸原主了吧？」

破城虎拔出在途中隨手搶來的大砍刀，就想攻擊囚車內的莫奈何。燕行空拔斧相向，並想順勢削斷鋼柵。

芝麻李攔住破城虎：「難道你不想找點樂子？」一抖手，從袖中抖出了一片綠色粉末。

囚車中的眾人立即昏迷過去。

你要先吃哪一個？

莫奈何打了個噴嚏，悠悠醒轉，發覺自己被綁在一根木柱上。

燕行空、梅如是、櫻桃妖也都被綁在木柱上，排成一列。

「都醒了嗎？」破城虎和芝麻李笑嘻嘻的坐在一個高臺上面，望著窗外漸暗的天色。

「好戲要上場了！」

眾人立刻聽見「虎虎虎」的吼聲。

破城虎拉下身邊布幔，後面藏著已經開始變臉的顧寒袖。

芝麻李鬆開他脖子上的鐵鍊：「你想從哪個開始吃？」

顧寒袖跳下高臺，先走到櫻桃妖面前。

櫻桃妖尖叫：「我沒幾兩肉，又不好吃！」

顧寒袖上下打量了她幾眼，露出鄙夷的神情，撇了她，走到梅如是面前，嗅著。梅如是無所畏懼的望著他。

顧寒袖發出幾聲低低的、語不成文的字眼，離開，又走到莫奈何面前，嗅了嗅，似乎胃口大開的大叫起來。

破城虎高興大叫：「對了！先吃他！」

顧寒袖一口咬向莫奈何的脖子。

梅如是叫道：「表哥，不要！」

顧寒袖硬生生的頓住。

芝麻李頗爲意外：「嗯？他居然還聽得懂人話？」

顧寒袖望了梅如是一眼，但還是忍不住，又咬向莫奈何。

梅如是又叫：「表哥，吃我！來吃我！來！」

顧寒袖猶豫的走到梅如是面前，嗅著。

破城虎唉道：「唉喲！可惜了這個大美女！」

芝麻李冷哼：「女人是禍水，趁早吃了也好。」

梅如是柔聲道：「表哥，吃了我，以後別再害人了，好不好？」

顧寒袖發出一聲號叫，把嘴湊近梅如是的脖子。

這時，又發一陣地震。距離燕行空不遠的地面突然裂開了一條縫隙，從裡面冒出滾滾濃煙。

燕行空神情一震，沉思著。

破城虎緊張四望：「怎麼搞的，別眞的是火山爆發了吧？」

芝麻李皺眉：「可是……這裡怎麼會有火山？」

顧寒袖又把嘴湊近梅如是。

燕行空猛地大叫：「別吃她！來吃我！」

顧寒袖又猶豫起來。

芝麻李不耐道：「這傢伙怎麼這麼不乾脆？」

破城虎頗爲不滿：「當初都是你說武不如文，偏要收他的靈魂！早收了我的，不就好了？」

芝麻李乾笑：「是啊，你的靈魂應該比較不囉唆。」

燕行空道：「梅姑娘，他會聽妳的話，叫他來吃我！快！」

梅如是不依：「燕大哥……？」

「我有辦法！快！叫他來吃我！」

梅如是遲疑的說：「去……」

芝麻李覺得事有蹊蹺，皺眉尋思。

顧寒袖已走到燕行空面前。

燕行空喝道：「喂，鬼東西，先吃我的手臂，肉多！」

地面上的裂縫愈來愈大，隱約可以看見裡面沸騰著岩漿。

顧寒袖一口咬上燕行空的左上臂，啃掉了一大塊肉。

燕行空的血流到地面上，立即變成了火！

芝麻李頭皮發麻，發出一聲慘叫。

血火！

在芝麻李的記憶深處，留存著一幕永遠也磨滅不掉的景象。

一萬年前的那場世紀大決鬥，當天帝砍掉了刑天的頭顱之後，一旁觀戰的妖們就都逃了個精光，其實，還剩下一個浣熊妖躲在暗處偷看。

他親眼看見從刑天斷頭處流出來的鮮血，只一轉眼就變成了烈火！

這縷血火流入火山口，使得火山內部愈發震動，濃煙騰捲，熔漿也開始向外噴射！

大爆發

現在，這記憶浮現了出來，芝麻李嘎聲嘶吼：「千萬不要讓他的血流進去！」衝下高臺，奔向裂縫，破城虎莫名其妙的跟在後面。

由燕行空的鮮血變成的那一縷火，蔓延向裂縫，眼看著就快要流進去了，但芝麻李及時趕到，用腳掃開火燄。

芝麻李剛鬆下一口大氣，不料破城虎尾隨而來，莽撞的伸出大腳在火上用力一踏。

幾顆火星竄起，掉向裂縫。

芝麻李大叫：「不要！」伸手亂揮，擋掉了幾顆火星，但仍有一顆火星掉入裂縫。

芝麻李攔截不及，摔倒在地，露出絕望的神情。

火星掉入裂縫中的熔漿裡，立時引發強烈的效應，地面猛然隆起，就像一個火山口，把芝麻李、破城虎都彈飛了出去

火山口開始噴射濃煙、岩漿，逼近被綁縛著的眾人。

櫻桃妖嚷嚷：「我怕火啊！」

梅如是大叫：「表哥，咬繩子！咬繩子！」

顧寒袖一口咬斷了燕行空身上的繩子。

燕行空騰出手來除去其餘的繩索，然後抄起放置一旁的金斧，砍斷了餘人的綁縛。

火山爆發得愈來愈厲害。

燕行空等人登上那輛最大的囚車，七手八腳的亂弄：「這東西怎麼飛啊？」

一陣焚風朝這邊吹了過來。

莫奈何發現桅桿上有一個按鈕，急忙向下一按。

八面大風帆張開，被焚風一吹，登時飛了起來。莫奈何操縱舵桿，讓飛車衝出製造廠大門。

那火山口拔地聳起幾十丈高，衝破了製造廠的屋頂，岩漿四射，威勢駭人。

燕行空等人差點被岩漿噴中，幸好飛車已高高飛起，躲過了大自然最可怕的威力。

奇肱國人也都紛紛登上飛車逃命，使得天空上滿是倉皇亂飛的飛車。

燕行空滿心歉意：「因爲我，竟毀了這片美麗的綠洲！唉……」

「這是一萬年前的糾結。」梅如是慨嘆。「不是任何人的責任。」

載著眾人的飛車直奔西方而去。

最後的旅程

飛車飛過高山大河，逐漸接近崑崙山脈。

俯望腳下大地，是一幅幅令人心曠神怡的景致，飛車上的眾人卻都無心欣賞。

燕行空靠近梅如是，關懷的說：「從顧公子剛才的行爲就可以看出他人性未泯，我們也許還來得及救出他的靈魂。」

梅如是掩不住心中痛苦：「可只剩下兩天……」

莫奈何則是痛心大夏龍雀被破城虎給奪回去了：「才威風不了多久……嘖！」

櫻桃妖樂在心裡：「看你以後還要怎樣制住我？等著吧，小渾頭！」

飛車在夜裡穿過崑崙山險峻的山峰。

崑崙山脈綿延不斷，山頂盡是皚皚白雪，一片銀錦直鋪到天際。

顧寒袖雖然變了臉，但已不想吃人，只是發作劇烈的顫抖。

梅如是緊緊抱住他，用自己的體溫維持住他最後的一線生機。

眾神無語

崑崙山的眾神辦公室大廳內瀰漫著一片詭異的寧靜氣氛。

大家的話都變少了，坐在自己的辦公區內假裝低頭幹活，其實哪有什麼活兒好幹？都已經閒散了一萬年！

武羅踏著輕巧的腳步，在大廳內踅過來踅過去，滿肚子鳥氣。

「難道不曉得只剩下最後一天了嗎？難道真的要把洞裡的妖魔全都放出來？怎麼沒一個人願意想想辦法？」

這時，紅頭黑眼的青鳥從東方飛了回來，直奔西王母的獨立辦公室。

「這個傢伙又想打什麼小報告？」

武羅搖身一變，變成了一株柳絮，飄呀飄的跟著飄了進去。

青鳥是三隻鳥中體型最爲嬌小的一個，最會說人話，也最得西王母寵愛。他飛到西王母的肩膀上，吱吱喳喳的說個不停，從燕行空等人離開美夢小鎮說起，把他們一路上的驚險歷程，又加油添醋了一番。

西王母聽得頗為入神，滿臉微笑。

但當他說到百惡谷的時候，西王母的面孔就變得肅殺起來：「燕行空最後跟黎翠說了句什麼？」

「他說：西王母太不關心自己的徒弟了！」

西王母氣得仰天長嘯：「刑天的子孫有什麼資格教訓我？」

武羅變成的那株柳絮，差點被她猛烈的音浪撞到牆壁上去。

「去！把他們的飛車給毀了！」

「是！」

青鳥懷著告密者得到重視的興奮，急若星火的走了，武羅便也飄了出來。

「這要怎麼辦？」

正巧澤神延維挺著兩顆腦袋從身邊經過，當下就有了靈感。

「延維，想不想跟我出去遛達遛達？」

延維的一顆頭道：「有自戀狂的臭小子，懶得理你！」另一顆頭卻說：「好武羅，又有什麼好玩的勾當？」

武羅悄聲說了幾句，延維連連傻笑。

究竟武羅有何妙計？有分教：武羅拔刀相助，延維頭分兩半！

最後關頭

朝陽初昇。

熟睡在飛車上的燕行空忽然覺得車身震動，忙睜開眼睛。

飛車最大的那一面風帆竟出現了一個大破洞。

「糟糕！」燕行空急忙爬起，餘人也都醒轉，想要收帆，但那帆吃滿了風，根本收不起來。

飛車在空中團團亂轉。

莫奈何叫道：「砍斷它！」

櫻桃妖嚷嚷：「別亂搞！是這樣處理的嗎？」

「不管了，死馬當成活馬醫！」燕行空抽出金斧，劈斷了主桅桿，桅桿帶著風帆脫離飛車。

飛車急速向下墜落。

櫻桃妖尖叫：「你害死妖了啦！」

飛車下墜一陣，卻又恢復平穩。

眾人安心的笑了出來。

莫奈何抹了把汗，笑道：「我就說有用嘛！」

櫻桃妖哼道：「狗掀門簾子——全憑一張嘴！」

還沒高興完呢，一隻恍若大老鷹般的大鳥已撲了過來。

這隻大老鷹是青鳥變的，他當然不會用自己的本相前來搗亂，選了半天才選了這個造型，將來這筆帳諒必不會算到西王母頭上。

大老鷹振翅直撲飛車的風帆，只一個撲擊就把兩支副帆打折了。

「這隻瘋鳥是怎麼了？」

眾人都不會飛，面對霎眼來、倏忽去的大鳥，完全束手無策。

忽然，一隻小鳥飛了過來，不，是兩隻小鳥，牠們各有一翼，相伴而飛，原來這就是傳說中的比翼鳥。

比翼鳥的長相嬌小可愛，但飛到大老鷹面前時，突地變了樣，張開血盆大口，露出森森利齒，「哧」地一聲就咬了過去。

青鳥嚇了一大跳，哪裡來的怪東西？

這兩隻比翼鳥自然就是武羅跟延維的化身了。

青鳥心想：「這兩個小傢伙眞不識相，我可是西王母座前的大將，想跟我鬥？也不掂掂自己有多少本領？」

青鳥「喳」地一聲，把嘴張得更大，齜出西王母替他特製的牙齒，反咬過去，滿心以爲必可把牠倆咬得粉身碎骨。

哪知這一口咬下，卻似咬到了兩塊鐵板，滿口牙差點掉了個精光，急忙改變策略，以雙翼與雙爪撲擊。

武羅、延維都不是善於飛行的神祇，一時之間竟被他攪得手忙腳亂。

先不提這場空中大戰，卻說飛車又被青鳥折損了兩面副帆，完全失去控制，螺旋般往下直落。

眾人又驚呼起來：「怎麼辦？再砍就沒帆了！」

燕行空操縱著舵桿：「大家快抓緊一樣東西！」

顧寒袖毫不緊張，發著抖說：「嘻嘻，歡迎光臨美夢雪山……」

梅如是把他拉過來，和他一起緊抱桅桿。

燕行空努力掌穩舵桿，飛車急速衝向雪山山頂。

飛車墜落雪地，滑行了一陣子，撞到一塊突出的巨石，飛車撞得稀爛，眾人都被摔在雪地上。

待得頭暈腦脹的爬起，遊目四顧，四周都是白茫茫的一片，根本不知身處何處，更辨不清方向。

「時間所剩不多了，快走吧！」

燕行空揹起顧寒袖，莫奈何扶著梅如是，在茫茫雪地中往前跋涉。

莫奈何茫然無主：「崑崙山的幅員這麼廣，天帝的都邑設在哪裡？」

燕行空嘆口氣：「只能憑直覺了。」

妖們大集合

一行人艱苦前行，來到一處山隘口。

燕行空忽然警覺停步。

雪地裡似有東西在滾動。

燕行空拋下顧寒袖，一斧朝雪中劈去。

一個妖怪哀號著從雪裡彈起老高，摔在地下死去。

地面上，雪花處處爆起，從雪裡衝出上千隻妖怪，把燕行空等人包圍在中間。

燕行空沉聲道：「殘存在世上的妖怪統統都被芝麻李召喚過來了！」

妖們群聚合圍，爲首的正是那鯰魚妖，他貪饞的盯著梅如是：「美人兒，我們又見面了！」

梅如是一驚。她完全不知道那日在水底洞穴裡發生了什麼事，後來才約略聽說，現在當眞見了面，慚怒羞恨齊上心頭，「唰」地拔出短劍，就要上前拚命。

莫奈何攔住她，戟指鯰魚妖大罵：「手下敗將，還敢前來送死？」

櫻桃妖唉道：「現在你手裡已經沒有了寶刀寶劍，怎會是他的對手？」

莫奈何一想也對，連忙閉嘴。

鯰魚妖凌厲的瞪著櫻桃妖：「妳這吃裡扒外的傢伙，今天定叫妳屍骨無存！」成千的妖們也都破口大罵：「吃裡扒外！抽筋剝皮！挫骨揚灰！」

櫻桃妖嚇得屁滾尿流，雙膝跪地，叩首不迭：「大家饒了我吧，我只是個自私自利的小妖怪，從一開始就不敢與大家爲敵，我只是……我只想……」眞正的目的還是說不出口。

莫奈何見她可憐，嘆口氣道：「櫻桃，妳快跑吧！」

櫻桃妖雖捨不得莫奈何這寶貝，但妖們的勢力實在太過龐大，就算她想幫助人類，也挽回不了局面，東思西忖的爲難了老半天，終於還是對莫奈何說了聲：「你……自求多福！」

然後就把頭一轉，溜了。

鯰魚妖喝道：「大家上，殺了這幾個東西！」

上千妖怪圍攏過來，燕行空只有一人，但他全然不懼，一振金斧：「我好久沒殺個痛快了！」

只聽一人道：「如此快事，怎可一個人獨享？」

轉頭正見雪地上一個修眉鳳目、英姿挺拔，身著白衣白袍的人緩緩走了過來。

「劍王之王」項宗羽！

燕行空哈哈大笑：「項大俠，我就知道你不甘寂寞！」

項宗羽自從離開了美夢小鎮就一直追擊破城虎，被他脫逃之後，便也歷盡千辛萬苦，來到了崑崙山，正好趕上這場大戰。

「身為劍客，最大的職責莫過於此！」項宗羽拔出湛盧寶劍，與燕行空併肩而立。

一黑一金兩道光芒，把原本森冷的陽光反射成為熾熱的火燄。

鯰魚妖嚥下一口苦澀的唾沫，大喝：「殺！」

血腥殺戮在一片純白的背景下展開了！

封印解除了

山洞口的一邊是深逾萬丈的「陰陽斷崖」。

人面虎身、有著九條尾巴的陸吾守在封印住妖魔的山洞外。

他已經有一萬年沒去辦公室吃自助餐，嘴裡淡得可以孵鳥，他一直都在計算著時間，眼見最後一天已經來臨，一方面他有如釋重負的興奮，另一方面卻也為將來的世界擔憂。

「這些妖魔一放出去，人類滅絕是不用說了，我們神也會遭受嚴重的威脅，會不會就此導致世界末日呢？」

正自思忖未已，忽見一隻小老虎搖頭擺尾的走了過來。

陸吾先是一怔，繼而憐愛的摸摸牠的頭：「小傢伙，你從哪裡來的？」

小老虎乖巧的在地下翻滾，露出白白軟軟的小肚皮。

陸吾把牠抱入懷裡逗弄，開心的笑著。

玩著玩著，小老虎突然一抖臉，露出芝麻李的本相，死命抱住陸吾的頸子，並咬住他的咽喉。

陸吾憤怒狂吼，猛烈扭動身軀，想把芝麻李甩開。

破城虎緊接著從一塊巨石之後跳出，大夏龍雀直斬而下，砍掉了陸吾的一條尾巴。

陸吾其餘的尾巴一掃，把破城虎掃飛出去，撞在石壁上。

破城虎再撲過去，又被掃倒，禁不住有些畏懼、氣沮。

芝麻李喝道：「他是虎，你也是虎，怕什麼？」

破城虎兇性大發，再度衝上。

芝麻李和陸吾糾纏得難分難解，眼看著就要雙雙跌落萬丈深淵。

陸吾的身體忽然頓住了。

原來是破城虎用大夏龍雀釘住了陸吾的一條尾巴。

陸吾轉動不了，被芝麻李壓制在地。

破城虎取出芝麻李帶來的巨大鐵鍊，綁住了陸吾的兩隻腳；芝麻李抓住鐵鍊的另一端，俐落的綁住陸吾的前爪。

陸吾被綑縛得無法動彈，只能朝天大吼。

芝麻李擦掉滿頭汗珠，從行囊中取出裝著一萬條靈魂的彩罐，拔掉罐蓋。

芝麻李唸動魔咒，罐口飄出一條一條銀色的靈魂。

陸吾嘶聲狂吼；破城虎興奮的看著。

靈魂們陸續飄入洞口。

洞內，已變成千萬尊石像的妖魔開始蠢動、崩解，並發出低沉的號叫。

正中央的魔尸石像崩解得尤其快速，他的上半身已可以活動，不停伸長脖子發出恐怖的嘶吼。

冰雪暴

燕行空、項宗羽仍在和妖們混戰，一劍一斧的威力，殺得妖們心驚膽戰。

項宗羽的劍術縱橫天下，無雙無對，但他畢竟是個人，體力會一點一滴的流失，手刃了兩、三百個妖怪之後，已開始有點手不應心，燕行空也露出敗相。

鯰魚妖見機不可失，和身撲向梅如是，一把抓住她肩膀：「美人兒，這回妳可跑不掉了吧？」

梅如是短劍出手，卻怎傷害得了鯰魚妖？

莫奈何拚了老命的衝過去，跳到鯰魚妖的背上，掐住他的喉嚨：「你給我去死！」

鯰魚妖輕輕鬆鬆的把手臂一甩，就將他甩在地上，一腳踩了下去：「你才去死！」

這時，天空中的武羅、延維已把青鳥趕走，轉身撲下，一口咬上鯰魚妖的腦袋，轉瞬就把那顆碩大的魚頭吸得乾乾的。

武羅滿意的舔著嘴唇：「嗯，這魚頭的膠原蛋白可眞豐富！」

延維、武羅雖然加入戰團，卻未能扭轉戰局，因爲妖們實在太多了！

驀然間，天空變得異常黝暗，一大片黑雲籠罩在眾人的頭頂上。

武羅定睛看時，卻是十幾萬隻比翼鳥湧了過來。

原來，比翼鳥是群居性的鳥類，看見同伴在這兒孤軍奮戰，便都前來幫忙。

遮天蓋地的比翼鳥朝著妖們蒙頭搗臉的撲下，不管自己的生死，亂啄亂抓。

武羅笑道：「好小鳥！」

延維的一顆頭罵道：「不要臉，群毆！」另一顆頭卻叫著：「多咬死幾個！」

妖們被這隊突如其來的怪異大軍殺了個猝不及防，有的瞎了眼，有的掉了頭，有的被幾十隻比翼鳥扛上半空，再摔在岩石上，登時四分五裂。

正自混戰不已，山頂上忽然颳下一陣颶風，卻是風神因因乎來了。

「大家小心！」

因因乎張開雙臂，掠過天際，大風隨之而起，呼嘯著掃過山隘，捲起千層雪花。

燕行空等人忙低身躲避。

遭受上下夾擊的妖們，淒厲的吼聲震動著山頂的冰壁雪堆，然後就在一個宛若末日的瞬間，整座雪山山頭都崩坍下來！

風逐著風，雪滾著雪，冰撞著冰，將整個穹蒼都淹沒在一片慘白駭銀之中。

時間與空間彷彿完全崩毀，凝凍成一個驚慄的姿態！

當風雪暴終於靜止下來的時候，只見妖魔的屍體躺了一地，燕行空等人已不見蹤影。

破城虎押錯寶

洞內的魔尸已完全解除了封印，走向洞門。

幾個道行較深的妖魔也已經脫困，爭先恐後的擠了過來。

魔尸喝道：「跟我搶什麼？滾開！」一伸手就捏爛了一個妖魔的腦袋，又打死了其餘的幾個妖怪。

洞外，陸吾仍在奮力掙扎。

銀色的靈魂繼續飄入洞中。

破城虎喃喃道：「大概有六千多條了吧？」

話沒說完，山洞的石門就被撞開，魔尸衝了出來，他重見天日，不禁仰天狂嘯。

芝麻李忙趨前行禮：「老大……」

魔尸「嗯」了一聲，讚許著說：「奶油桂花手，你幹得很好！」利眼望向破城虎。「他是誰？」

芝麻李還未及答話，魔尸已接著說：「殺掉他！」

破城虎跳了起來：「喂，我是你們這一邊的……」

芝麻李冷不防已然出手：「妖跟人從來就不會是同一邊的！」

破城虎差點被他抓中，勃然大怒：「你們妖怪眞可惡！」拔出大夏龍雀砍向芝麻李，兩人大戰起來。

魔尸並不插手，只仰首向天，享受著終於自由的時光，喉管裡發出滿意的聲音。

破城虎使出殺手絕活：「獨霸天下！」

大夏龍雀刀氣澎湃洶湧，芝麻李抵擋不住，被削斷了一條手臂，人也撞暈在石壁上。

魔尸惱怒的回轉過身，攻向破城虎。

他的法力超過十萬年，完全不怕人間的寶劍寶刀，他的雙手比刀劍還要堅韌銳利，竟跟大夏龍雀的刀刃實劈硬架，發出連串金鐵交鳴之聲。

破城虎心下駭然，愈戰愈手軟，勉強招架了幾下之後，就被打得口吐鮮血，倒在地下。

魔尸正要一腳踩扁他，忽然天空一黑，一大團比翼鳥像顆大滾球似的從空中滾了過來。

魔尸看得一楞：「這是在搞什麼名堂？」

大滾球貼近地面之後，十多萬隻比翼鳥一起散去，露出了裹在核心之中的幾個人。

燕行空、項宗羽等人終於趕到了！

人類輸了！

這時，已有十幾個解封的妖怪從洞裡衝出，列陣在魔尸身後。

魔尸得意狂嘯。

項宗羽嘆道：「我們還是來晚了一步！」

莫奈何嚇得要死：「裡面的妖怪還有那麼多，我們怎麼打啊？」

魔尸帶領妖們衝了過來。

燕行空等人嚴陣以待。

驀地，天上閃過一道強光，天帝現身攔在兩者之間，伸手一指，陸吾身上的鐵鍊寸寸斷落。

魔尸厲聲道：「天帝，難道你想要賴？」

天帝神情淡然：「我一向信守承諾。」

魔尸桀桀怪笑：「我已經收集了一萬個傑出人類的靈魂，你輸了！」

妖們紛紛大嚷：「你輸了！你輸了！」

陸吾氣憤的瞪著妖們，想要衝過去。

天帝手一揮，攔住他，自己亦退到一邊。

陸吾意外驚視，燕行空等人亦楞在當場。

天帝淡淡道：「輸了就是輸了，我無話可說。」

梅如是嘶嚷：「天帝，你根本不關心人類！」

天帝冷笑：「人類消除不了劣根性，野心和妖魔一樣大，爭名逐利起來則比妖魔還要醜陋！在我眼裡，妖魔鬼怪都跟人一樣，我不偏袒誰。人類想要統治世界，就要用自己的力量斬妖除魔！」

妖們歡聲雷動。

魔尸向燕行空等人挑釁：「來吧！」

莫奈何連連嘀咕：「完了完了完了……」

魔尸帶領著妖們衝過來。

猛然間，幾粒金閃閃的東西直襲魔尸雙目，魔尸急忙擋掉，低頭一看，那些金閃閃在地下打轉的東西，竟是幾粒算盤珠子。

手持金算盤的邢進財率領著一群人出現在山頭：「刑天子孫全數在此！」

邢進財的如意算盤

燕行空神情振奮，朗聲叫道：「財叔，不做生意了？」

「我還是在做生意啊！」邢進財大笑。「這筆生意才眞的是萬載難逢，怎能錯過？」

幾百名刑天子孫一起跳下，來到山洞口。

魔尸冷笑：「怎麼還有這麼多不知死活的東西？」

邢進財又一抖算盤，發出幾粒算盤珠兒，打得幾名妖怪滿地亂滾。

魔尸才一咬牙，從洞內又湧出了不少妖怪。

項宗羽警告：「刑空，速戰爲上！」

燕行空等人再不打話，全力攻向魔尸與妖們。

雙方在斷崖絕壁上展開大決戰！

刑天子孫個個神勇，幾百柄大斧縱橫砍殺，妖們的鮮血噴濺成簾、成幕、成煙、成霧。其中有個名叫「刑飛」的年輕人尤其猛悍，殺得妖怪們叫苦連天。

一名妖怪想要偷襲莫奈何，卻忽被一條尾巴捲起，丟落萬丈山崖。是陸吾忍不住相助。

天帝瞪了陸吾一眼。陸吾聳聳肩膀，故做無辜之狀。

此時，洞內的妖魔石像幾乎全都崩解了，爭先恐後的湧向洞口。

破城虎的最後一擊

芝麻李剛才掉落在洞口的彩罐竟無人理會，罐口仍不斷的飄出靈魂。

梅如是想要過去撿起彩罐，不畏兇險的衝入混戰中的人群與妖潮。

項宗羽知她心意，趕在她身前殺開妖怪，幫她開路。

項宗羽一連刺死了許多妖怪，但他勞累過度，終究力乏，一名妖怪乘隙撲來，扳住他的後背，正要咬他的後腦。

刀光一閃，把那妖怪劈成兩爿。是傷重的破城虎拚盡最後全力，救了項宗羽一命！

項宗羽不免有些意外。

「妖怪比人可惡多了！」破城虎虛弱的笑道。「不過，你別得意，咱倆的帳還沒算完呢，等我傷癒之後……」

項宗羽用劍尖挑開他左手衣袖，卻見他的左上臂並無龍紋刺青。

「不是他……」項宗羽喃喃自語。「是另外『四兇』的其中之一。」

破城虎又喘息著說：「有件事必須告訴你，我們背後還有……我們背後還有……」

語猶未畢，已嚥下了最後一口氣。

莫奈何眼見梅如是已被捲入了妖們的陣營裡，心中大急，不顧一切的衝了過去，卻一頭撞在一顆香氣四溢的東西上。

那竟是一隻巨大無比的蟠桃妖。

蟠桃妖的氣味雖香，手段卻狠，挺著大肚腩就朝莫奈何的腦袋壓了下去。

莫奈何幾次遇險，都有人出手搭救，這回看樣子是再沒這種好運氣了。

但是，且住，一塊大岩石的後面還躲著一個救星——櫻桃妖！

箍住櫻桃妖的魔咒

原來櫻桃妖並未走遠，一直偷偷的綴在後面。

說她是不捨莫奈何的元陽，當然也對，但其中還隱藏著許多連她自己都講不清楚的因素。

妖怪本來應該是沒有眞情的，但這些日子裡，莫奈何給她的關懷與照顧，卻時時揪動著她原本狡詐冷硬的心腸；他的傻笑、他的蠢笨、他的無能、他可惡的自作多情……原先只會惹起她的厭惡與嘲諷，後來卻好似變成了一帖帖道教的符咒，緊緊箍住了她的腦海，她怎麼也甩不掉這個小渾頭的每一絲表情。

所以當她眼見蟠桃妖就快要把莫奈何壓扁的時候，竟然腦血衝頂，忘卻了妖怪應該遵守的全部的、所有的、一切的法則，一邊高呼「小莫」，一邊奮不顧身的撲了過去，一腳踹在蟠桃妖的屁股上。

受到偷襲的蟠桃妖放過了莫奈何，轉頭一望，見是櫻桃妖，登時大怒：「妳這個小妖怪，爲什麼要幫助人類？」

蟠桃比櫻桃大了幾十倍不止，又是修行超過萬年的頂級妖怪，櫻桃妖怎會是她的對手？

櫻桃妖爲情所迷亂的腦袋即刻轉變爲面對現實，嚇得牙關打顫：「我……我……老祖宗，饒了我吧！」

蟠桃妖一伸手就把櫻桃妖拈了起來，怪笑道：「這麼個小東西，塡塡牙縫還可以！」嘴一張，就想把櫻桃妖往嘴裡送。

莫奈何情急之下，看見大夏龍雀就掉在破城虎的屍身旁邊，便一個懶驢打滾，滾將過去，撿起寶刀，順手一揮。

蟠桃妖雖然頗有道行，畢竟無筋無骨，皮肉又嫩，被森冽尖銳的刀風一劃，整個從中裂開，露出了還算堅硬的果核。

莫奈何跳起身來，再補一刀，把那核兒劈成兩爿。

櫻桃妖掉在地下，蹬腳大哭：「好可怕啊！」

「叫妳跑，妳怎麼又回來了？」莫奈何把她抱入懷中安慰著。「好了好了，沒事了！」

櫻桃妖摟住他的脖子抽泣：「莫奈何，還是你對我最好……」

莫奈何有了大夏龍雀，勇氣倍增：「妳快躲進葫蘆裡去，我要大開殺戒了！」

揮舞著不成章法的寶刀，殺入妖們群中，真個是當者披靡，勇冠三軍！

項宗羽哈哈大笑：「小莫道長，眞好樣的！」

視死如歸

山洞口前，梅如是終於撿起彩罐，正見最後一條靈魂飛出罐口。

這一條，正是顧寒袖的靈魂！

它一搖三飄的正要飛入洞中。

梅如是大叫：「表哥，不要進去！」

靈魂聞言，猶豫了一下，仍往裡飛。

梅如是厲聲斥責：「你十年寒窗，苦讀聖賢之書，難道聖賢教你把靈魂出賣給魔鬼嗎？」

靈魂一怔，又停住。

梅如是柔聲道：「表哥，雖然你回到肉體之軀以後，活不了多久，但人生自古誰無死？我願意全心全意的伴著你，就算一天也好，一個時辰也好，我們所擁有的，不是比你這樣活著多得多嗎？」

但見顧寒袖的肉身穿過混戰中的人群，呆呆的走了過來，站在梅如是身旁：「歡迎光臨……不，不要進去！」

梅如是既驚又喜的望著顧寒袖。

魔尸命令靈魂：「快給我滾進去！」並一爪抓向顧寒袖肉身。

燕行空搶來擋住。

靈魂終於做出決斷，「咻」地一下鑽進顧寒袖的身體裡面。

只聽「卡啦」一聲，地下的彩罐毀成碎片。

天帝大笑：「魔尸，你輸了！」

剛剛衝到洞口，還沒來得及出來的妖們，又被封印成一尊尊的石像。
洞外的妖們受到刑天子孫的攻擊，已快無餘類。
魔尸怒極狂吼，一把抓起梅如是。
顧寒袖已然還魂，見狀大驚，衝了過去，被魔尸的另一手抓住。
魔尸高舉兩人，正想把他們撕成碎片。
燕行空扯開上衣，露出胸前眞正的「頭」，並用斧刃在自己的臉上一劃。
鮮血噴出，噴在魔尸身上，只一瞬間血水就化爲烈火，燒得魔尸哇哇大叫，鬆開了抓住梅如是和顧寒袖的手。
燕行空再劃一斧，噴出更多鮮血，將魔尸裹在一團火燄當中。
魔尸撲了過來，一爪插入燕行空胸膛。
燕行空拚出所有力氣，抱著魔尸滾落萬丈懸崖。
「燕大哥！」梅如是跪倒在懸崖邊上哭泣。
莫奈何、項宗羽更是淒然。
邢進財卻仰天大笑起來：「果然不愧刑天本色！」
刑天子孫一起敲響盾牌，虎吼三聲。
邢進財撿起燕行空掉在懸崖邊上的金斧、銀盾，交給了最勇猛的下一代刑飛。

刑飛恭敬接過。

刑天子孫一起大笑，轉身離去。

人類的優點

天帝感嘆：「懂得團結的人類，確實比妖魔強得多！」

天帝騰身而起，飛在空中，忽然想到了什麼，從雲端丟下一件東西，落在梅如是腳前。

梅如是撿起，不知此爲何物？

櫻桃妖道：「這是天帝賜給書呆子的藥！」

梅如是與顧寒袖互相依偎著；項宗羽、莫奈何、櫻桃妖一起站在懸崖邊上，望著腳下的蒼莽大地。

「刑天不死，亦不凋零。」項宗羽說。「他會永遠活在你我心中！」

緣盡情未了

下山途中，梅如是攙著顧寒袖走在最後面。

莫奈何不時回望他倆，心中既悵惘，又替他們感到高興。

「只要梅姑娘往後的日子過得好，就什麼都好了。」他這麼想著的時候，仍難掩陣陣酸楚。

櫻桃妖瞧著他那失魂落魄的模樣，樂在心中：「渾頭小子，沒指望了吧！到頭來，你還是逃不出我的手掌心！」

她安心的住在葫蘆裡，哪兒也不想去。

現在的她，死也不肯承認自己剛才動了眞情。「我只是想要騙取他的元陽而已，我怎麼會愛上他？眞是天下第一大笑話！」

莫奈何又將大夏龍雀戥戥的揹在背上，不時抽出來把玩一番，兀自想不出將來能用它幹嘛？

項宗羽靠過來，拍了拍他的肩膀：「小莫道長，這趟旅程眞讓咱們長見識了！」

「是啊，既長見識，又交了許多好朋友。」莫奈何笑道。「人生眞是奇妙，回想起三個多月前，我還是個小呆瓜呢！」

「回到中原之後，你想去哪兒？」

莫奈何想了半天，實在想不出自己能去哪兒：「只有回括蒼山去囉？」

「繼續修道？」

「這……我好像也不用學習捉妖之法了。」莫奈何搔搔頭。「因爲人間最起碼可以平靜許多年。」

「是嗎？」項宗羽露出不確定的笑容，想起破城虎臨死前的那句話：「我們背後還有……」

「我們」自然是指「中原五兇」，但這「我們」的背後「還有」什麼？

項宗羽知道自己今生必須追查出最後的答案。

重回美夢小鎮

美夢小鎮的風光秀麗依舊。

在大街上遛達的居民如夢初醒，都揉著眼睛與太陽穴。

打著太極拳的中年人道：「嗯？好似做了個大夢，今天什麼日子？」

手戴玉鐲的胖婦道：「我記得是……貞觀十七年正月初八。」

豬王左富貴失笑：「拜託，妳活在哪個年代呀？貞觀是唐太宗的年號，現在明明是大宋！」

「大什麼宋啊？如今是大漢天下！」

鎮民們議論紛紛。

街邊的燒餅攤上，小販把帽子戴得低低的，看不清面目。他用獨臂工作著，似乎竟是——芝麻李？

難道他還想在人間繼續做怪？

——全文完——

國家圖書館出版品預行編目（CIP）資料

大話山海經：靈魂收集者／郭箏著. -- 初版. --
臺北市：遠流, 2018.07
面； 公分. --（綠蠹魚叢書；YLM22）
ISBN 978-957-32-8286-0(平裝)

857.7　　107006956

綠蠹魚叢書 YLM 22
大話山海經：靈魂收集者
作　者／郭　箏

總 編 輯／黃靜宜
執行主編／蔡昀臻
封面繪圖、設計／阿尼默
美術編輯／丘銳致
行銷企劃／叢昌瑜

發 行 人／王榮文
出版發行／遠流出版事業股份有限公司
地　　址：台北市 100 南昌路二段 81 號 6 樓
電　　話：（02）2392-6899
傳　　真：（02）2392-6658
郵政劃撥：0189456-1
著作權顧問／蕭雄淋律師
2018 年 7 月 1 日 初版一刷
定價 250 元

ISBN 978-957-32-8286-0
遠流博識網 http://www.ylib.com E-mail: ylib@ylib.com